CARLO COLLODI

Pinocchios Abenteuer

Als der Holzschnitzer Geppetto gebeten wird, aus einem Stück Holz eine Marionette zu schnitzen, staunt er nicht schlecht, als die Holzpuppe plötzlich zum Leben erwacht. Er nimmt die Puppe an wie einen Sohn, doch der schelmische Pinocchio macht es ihm nicht leicht: Immer wieder gerät er auf Abwege oder lässt sich von seiner Neugier zu allerlei Abenteuern verleiten. Bösartige Puppenspieler, gerissene Tiere und andere magische Gestalten begleiten seine Reise, an deren Ende er erkennt, was es braucht, um ein »echter Junge« zu werden. Carlo Collodi, der zu früh starb, um den Erfolg seines Kinderbuchklassikers mitzuerleben, schuf mit Pinocchio eine literarische Figur, die Kindern wie Erwachsenen zeigt, was Güte, Freundschaft und Ehrlichkeit bedeuten.

CARLO COLLODI

Pinocchios Abenteuer

Die Geschichte einer Holzpuppe

Aus dem Italienischen übersetzt
und mit einem Nachwort von Hubert Bausch

Mit 81 Illustrationen
von Enrico Mazzanti

Reclam

I

Wie es kam, dass Tischlermeister Kirsche ein Stück Holz fand, das wie ein Kind weinte und lachte

Es war einmal …

»Ein König!«, werden gleich meine kleinen Leser sagen. Nein, ihr Kinder, diesmal habt ihr nicht recht.

Es war einmal ein Stück Holz.

Es war kein edles Holz, nur ein einfaches Stück Brennholz, wie man es im Winter in die Öfen und Kamine wirft, um Feuer zu machen und die Zimmer zu heizen.

Ich weiß nicht, wie es kam, jedenfalls landete dieses Stück Holz eines schönen Tages in der Werkstatt eines alten Tischlers, der Meister Anton hieß, den aber alle Meister Kirsche nannten, weil seine Nasenspitze immer so dunkelrot glänzte wie eine reife Kirsche.

Kaum hatte Meister Kirsche das Stück Holz gesehen, freute er sich sehr, rieb sich zufrieden die Hände und murmelte leise vor sich hin:

»Dieses Holz kommt mir gerade recht. Ich will ein Tischbein daraus machen.«

Gesagt, getan. Er nahm sogleich die scharfe Axt, wollte die Rinde entfernen und das Holz glätten; als er aber gerade zum ersten Hieb ausholen wollte, blieb ihm der Arm plötzlich stehen, denn er hörte ein ganz dünnes Stimmchen, das flehentlich bat:

»Schlag mich nicht!«

Stellt euch vor, wie unserem guten alten Meister Kirsche zumute war. Mit ungläubigen Augen blickte er im Zimmer umher,

um festzustellen, woher denn dieses Stimmchen kommen mochte, aber er sah niemanden; er sah unter die Bank – nichts; er sah in einem stets verschlossenen Schrank nach – aber da war nichts; er sah im Korb nach, in den er die Holzspäne und das Sägemehl warf – wieder nichts; er öffnete gar die Werkstatttüre, um kurz auf der Straße nach dem Rechten zu sehen, aber auch da war nichts. Oder …?

»Ach so«, sagte er nun lachend und kratzte sich an der Perücke, »ich habe mir dieses Stimmchen nur eingebildet. Also wieder an die Arbeit.«

Er nahm wieder die Axt in die Hand und tat einen kräftigen Schlag auf das Stück Holz.

»Au, du hast mir wehgetan!«, jammerte das gleiche Stimmchen.

Diesmal erstarrte Meister Kirsche völlig. Die Augen fielen ihm aus dem Kopf, sein Mund war weit aufgesperrt, seine Zunge hing ihm bis zum Kinn. Wie eine Brunnenfigur sah er aus. Kaum hatte er die Sprache wiedergefunden, sagte er zitternd und stotternd vor Schreck:

»Aber von wo kann bloß das Stimmchen gekommen sein, das ›au‹ geschrien hat? – Hier ist doch keine Menschenseele zu sehen. Oder sollte gar dies Stück Holz gelernt haben, zu weinen und zu klagen wie ein Kind? Das kann ich nicht glauben. Da steht doch dieses Holz: Es ist ein Stück Brennholz wie alle anderen auch. Wirft man es ins Feuer, kann man damit einen Topf Bohnen kochen. Oder? – Sollte sich einer da drin versteckt haben? Nun, wenn einer da drin ist, dann hat er eben Pech gehabt. Ich werd's ihm zeigen!«

Bei diesen Worten packte er mit beiden Händen das arme Stück Holz und warf es erbarmungslos gegen die Werkstattwand.

Dann horchte er, ob da wieder ein Stimmchen wäre, das klagte. Er wartete zwei Minuten – nichts; fünf Minuten – nichts; zehn Minuten – nichts.

»Na klar«, sagte er, zwang sich zu lachen und raufte sich die Perücke, »dies Stimmchen, das ›au‹ gesagt hat, habe ich mir nur eingebildet. Also wieder an die Arbeit!«

Und weil ihm die Angst den Rücken herunterlief, versuchte er sich ein wenig Mut zu machen und fing an, vor sich hinzusingen.

Unterdessen legte er die Axt beiseite, nahm den Hobel in die Hand, um das Stück Holz glatt zu hobeln, aber als er mit dem Hobel auf und ab fuhr, vernahm er wieder das Stimmchen, das er schon kannte, und das ihm zukicherte:

»Hör auf! Du kitzelst mich überall.«

Diesmal fiel der arme Meister Kirsche wie vom Blitz getroffen um. Als er die Augen aufschlug, fand er sich am Boden wieder. Sein Gesicht war entstellt, und seine sonst immer dunkelrote Nasenspitze verfärbte sich vor lauter Angst und wurde dunkelblau.

II

Meister Kirsche schenkt das Stück Holz seinem Freund Geppetto, der es mitnimmt, um daraus eine wunderbare Holzpuppe zu machen, die tanzen, fechten und Purzelbäume schlagen kann

In diesem Augenblick klopfte es an die Tür.

»Kommt nur herein«, sagte der Tischler, der immer noch nicht aufstehen konnte.

Ein rüstiger Alter namens Geppetto trat in die Werkstatt ein; wenn die Jungen aus der Nachbarschaft ihn zur Weißglut bringen wollten, riefen sie ihn mit seinem Spitznamen »Maisbrei«, weil seine gelbe Perücke tatsächlich wie Maisbrei aussah.

Geppetto geriet sehr schnell in Zorn. Wehe, man nannte ihn ›Maisbrei‹! Dann wurde er fuchsteufelswild und war nicht mehr zu halten.

»Guten Tag, Meister Anton«, sagte Geppetto. »Was macht Ihr denn dort auf dem Boden?«

»Ich bringe den Ameisen das Einmaleins bei.«

»Na, dann viel Spaß!«

»Wer hat Euch zu mir gebracht, Gevatter Geppetto?«

»Die Beine! – Hört, Meister Anton, ich bin gekommen, um Euch um einen Gefallen zu bitten.«

»Bitte sehr, ganz zu Euren Diensten«, antwortete der Tischler, der jetzt kniete.

»Heute Morgen hatte ich eine Idee.«

»Lasst hören.«

»Ich habe gedacht, dass ich mir eine schöne Holzpuppe

schnitzen könnte; aber eine wunderbare Holzpuppe, die tanzen, fechten und sogar Purzelbäume schlagen kann. Mit dieser Puppe möchte ich durch die Welt ziehen, um mir damit ein Stück Brot und ein Glas Wein zu verdienen. Was haltet Ihr davon?«

»Toll, Maisbrei!«, rief das schon bekannte Stimmchen, von dem man nicht wusste, woher es kam.

Als aber Gevatter Geppetto hörte, dass man ihn ›Maisbrei‹ genannt hatte, lief er vor Zorn wie eine Paprika rot an, schaute den Tischler an und sagte vor Wut kochend:

»Warum beleidigt Ihr mich?«

»Wer beleidigt Euch?«

»Ihr habt ›Maisbrei‹ zu mir gesagt.«

»Nein, ich war es nicht.«

»Dann soll ich es wohl selbst gewesen sein! Ich sage, Ihr seid es gewesen!«

»Nein!«

»Doch!«

»Nein!«

»Doch!«

Sie erhitzten sich immer mehr, aus Worten wurden Taten. Sie packten einander, kratzten sich, bissen sich und richteten sich übel zu.

Als die Schlacht zu Ende war, hielt Meister Anton die gelbe Perücke Geppettos in der Hand, und der wiederum stellte fest, dass er die graumelierte Perücke des Tischlermeisters zwischen den Zähnen hatte.

»Gib mir die Perücke zurück!«, schrie Meister Anton.

»Und du mir meine, und dann wollen wir Frieden schließen.«

Und nachdem jeder der beiden Alten seine Perücke wiederhatte, schüttelten sie sich die Hände und schworen, bis an ihr Lebensende gute Freunde zu bleiben.

»Also, Gevatter Geppetto«, sagte der Tischlermeister zum Zeichen der Versöhnung, »welchen Gefallen kann ich Euch tun?«

»Ich hätte gern etwas Holz, um daraus meine Puppe zu machen. Gebt Ihr es mir?«

Meister Anton ging sogleich vergnügt zur Bank, um jenes Stück Holz zu holen, das ihm so viel Angst und Schrecken eingejagt hatte. Aber als er dabei war, es seinem Freund in die Hand zu drücken, machte das Stück Holz einen Ruck, entglitt augenblicklich seinen Händen und schlug heftig auf die dürren Schienbeine des armen Geppetto.

»Ach, Meister Anton, so macht Ihr also Geschenke! Ihr habt mich fast lahm geschlagen.«

»Ich schwöre Euch, ich bin es nicht gewesen.«

»Dann soll ich es also gewesen sein!«

»Schuld ist dieses Stück Holz.«

»Natürlich war es das Holz: aber Ihr habt es mir an die Beine geschlagen.«

»Ich habe es Euch nicht an die Beine geworfen!«

»Lügner!«

»Geppetto, beleidigt mich nicht! Sonst sage ich ›Maisbrei‹ zu Euch!«

»Esel!«

»Maisbrei!«

»Oberesel!«

»Maisbrei!«

»Hässlicher Affe!«

»Maisbrei!«

Als Geppetto sich zum dritten Male ›Maisbrei‹ nennen hörte, sah er rot. Er stürzte sich auf den Tischler, und nun verprügelten sie sich nach allen Regeln der Kunst.

Nach der Schlacht hatte Meister Anton noch zwei Kratzer mehr auf der Nase und der andere zwei Knöpfe weniger an seiner Jacke.

So waren sie quitt; sie schüttelten sich die Hände und schworen, bis an ihr Lebensende gute Freunde zu bleiben.

Dann nahm Geppetto das zünftige Stück Holz in die Hand, dankte Meister Anton und ging hinkend nach Hause.

III

Zu Hause angekommen, macht sich Geppetto sogleich daran, die Holzpuppe zu schnitzen und gibt ihr den Namen Pinocchio. Die ersten Streiche Pinocchios

Geppettos Behausung bestand aus einem kleinen, ebenerdigen Zimmer, dessen Licht aus einer Besenkammer kam. Die Einrichtung konnte kaum bescheidener sein: ein armseliger Stuhl, ein elendes Bett und ein wackeliger Tisch. An der hinteren Wand sah man einen kleinen Kamin, in dem Feuer brannte; aber das Feuer war nur gemalt, und neben dem Feuer war ein Topf gemalt, der munter vor sich hinkochte und aus dem eine Dampfwolke stieg, die wie echter Dampf aussah.

Kaum war Geppetto wieder in seiner Behausung, nahm er gleich das Werkzeug zur Hand und begann, seine Holzpuppe zu schnitzen.

»Wie soll sie denn heißen«, fragte er sich. »Ich will sie Pinocchio nennen. Dieser Name wird ihr Glück bringen. Ich kannte eine ganze Familie, die Pinocchi hieß: Vater Pinocchio, Mutter Pinocchia und die Kinder Pinocchi. Und alle kamen gut durchs Leben. Der Reichste von ihnen bettelte um Almosen.«

Als er den Namen für seine Puppe gefunden hatte, legte er tüchtig los; er machte zuerst die Haare, die Stirn und dann die Augen. Stellt euch sein Erstaunen vor, als er die Augen fertig hatte, und bemerkte, dass sie ihn unentwegt anstarrten.

Und als Geppetto sich von diesen beiden Holzaugen so angestarrt sah, wurde er fast böse und sagte in gereiztem Ton:

»Ihr Glotzaugen, was schaut ihr mich so an?«

Keiner antwortete.

Nach den Augen schnitzte er ihr die Nase; kaum war die Nase fertig, begann sie zu wachsen und wuchs und wuchs und wuchs und wurde in wenigen Minuten eine Nase, die kein Ende mehr nehmen wollte.

Der arme Geppetto mühte sich ab, sie kürzer zu machen; aber je mehr er sie kürzte und zurechtstutzte, desto länger wurde diese freche Nase.

Nach der Nase machte er den Mund.

Der Mund war noch nicht fertig, da fing er schon zu lachen und zu singen an.

»Hör auf zu lachen!«, sagte Geppetto ärgerlich; aber es war, als hätte er gegen eine Wand geredet.

»Ich sage es noch einmal, hör auf zu lachen!«, schrie er mit bedrohlicher Stimme.

Da hörte der Mund zu lachen auf, streckte dafür aber die Zunge ganz heraus. Geppetto, der sein Werk nicht aufs Spiel setzen wollte, tat so, als bemerke er nichts und arbeitete weiter. Nach dem Mund machte er das Kinn, dann den Hals, dann die Schultern, die Brust, Arme und Hände.

Kaum hatte er die Hände fertig, spürte Geppetto, wie ihm die Perücke vom Kopf gezogen wurde. Er drehte sich um, und was musste er sehen? Er sah seine gelbe Perücke in der Hand der hölzernen Puppe. »Pinocchio! Gib mir sofort meine Perücke zurück!«

Statt ihm aber die Perücke zurückzugeben, setzte Pinocchio sie sich selbst auf den Kopf, so dass ihm fast die Luft ausging. Über dieses freche und dreiste Gebaren wurde Geppetto ganz traurig und melancholisch, wie er es in seinem ganzen Leben noch nicht gewesen war. Er drehte sich zu Pinocchio um und sagte:

»Du Lausejunge von einem Sohn, du bist noch gar nicht fertig und fängst schon damit an, es deinem Vater gegenüber an Respekt fehlen zu lassen. Schlimm, mein Junge, schlimm!«

Und er wischte sich eine Träne aus den Augen.

Noch mussten die Beine und Füße gemacht werden. Als Geppetto mit den Füßen fertig war, spürte er auch schon einen Fußtritt gegen seine Nasenspitze.

»Ich habe nichts anderes verdient!«, sagte er zu sich selbst. »Ich hätte vorher daran denken müssen, jetzt ist es zu spät.«

Dann fasste er die Holzpuppe unter den Armen, stellte sie auf die Erde hinunter, auf den Zimmerboden, um ihr das Gehen beizubringen.

Pinocchio hatte aber ganz steife Beine und konnte sich nicht bewegen. Geppetto führte ihn an der Hand, um ihm zu zeigen, wie man einen Fuß vor den anderen setzt.

Als Pinocchio seine Beine bewegen konnte, begann er, von alleine zu gehen und durch das Zimmer zu laufen; schließlich schlüpfte er durch die Haustüre, sprang auf die Straße und brannte durch.

Der arme Geppetto lief vergeblich hinter ihm her, denn dieser Schelm von Pinocchio schlug Haken wie ein Hase und klapperte mit seinen Holzfüßen so auf dem Straßenpflaster, dass es einen Lärm gab wie von zwanzig Paar Bauernschuhen.

»Haltet ihn! Haltet ihn!«, schrie Geppetto; aber als die Leute, die unterwegs waren, den hölzernen Jungen wie einen Araberhengst rennen sahen, blieben sie vor Begeisterung stehen, schauten ihm nach und lachten, wie man es nicht für möglich halten würde.

Zum Glück tauchte schließlich ein Polizist auf, der dem Lärm nach glaubte, es handele sich um ein Fohlen, das sich von seinem Herrn losgerissen habe. Beherzt pflanzte er sich breitbeinig mitten auf der Straße auf und war wild entschlossen, es zu fassen und Schlimmeres zu verhüten.

Als aber Pinocchio schon von Weitem sah, dass der Polizist die ganze Straße versperrte, wollte er ihm, ohne dass dieser es sich versah, mitten zwischen den Beinen hindurchschlüpfen, was ihm jedoch völlig misslang.

Ohne sich von der Stelle zu rühren, ergriff der Polizist ihn fest an der Nase (seine Nase war ja so fürchterlich lang, dass sie eigens dazu geschaffen schien, von einem Polizisten geschnappt zu werden) und gab ihn Geppetto zurück; der wollte ihn sofort zur Strafe kräftig an den Ohren ziehen. Aber stellt euch vor, wie ihm zumute war, als er die Ohren suchte und keine finden konnte. Und wisst ihr warum? Weil er im Eifer des Gefechts vergessen hatte, sie zu schnitzen.

Dann packte er ihn beim Schlafittchen, und auf dem Nachhauseweg schüttelte er drohend den Kopf und sagte:

»Wir gehen sofort nach Hause. Zu Hause, da kannst du sicher sein, rechnen wir miteinander ab.«

Bei dieser Drohung warf sich Pinocchio zu Boden und wollte nicht mehr weitergehen. Unterdessen blieben die Schaulustigen und Tagediebe stehen und bildeten einen kleinen Menschenauflauf um sie herum.

Der eine sagte dies, der andere das.

»Armer Holzjunge«, sagten einige, »du hast recht, nicht nach Hause zu wollen. Wer weiß, wie ihn dieser Grobian von Geppetto verprügeln wird!«

Und die anderen fügten böse hinzu:

»Dieser Geppetto sieht wie ein Ehrenmann aus, aber den Kindern gegenüber ist er ein richtiger Tyrann. Wenn man ihm den armen Holzjungen lässt, ist er glatt imstande, ihn in Stücke zu hauen.«

Sie redeten so daher und machten so viel Theater, dass der Polizist Pinocchio befreite und den armen Geppetto ins Gefängnis warf. Dieser fand keine Worte der Verteidigung, weinte wie ein Kälbchen und stammelte schluchzend auf dem Weg ins Gefängnis:

»Nichtswürdiger Sohn! Und wenn man bedenkt, dass ich einen rechtschaffenen Holzjungen aus dir machen wollte! Aber mir geschieht es recht, ich hätte vorher daran denken müssen.«

Was sich danach ereignete, ist eine Geschichte, die man kaum glauben kann. Ich will sie euch in den nächsten Kapiteln erzählen.

IV

Die Geschichte von Pinocchio und der Sprechenden Grille, an der man sieht, wie böse Kinder es satthaben, immer von Leuten, die mehr wissen als sie selbst, zurechtgewiesen zu werden

Nun, ihr Kinder, will ich euch erzählen, dass, während der arme Geppetto schuldlos ins Gefängnis gebracht wurde, dieser Schelm von Pinocchio sich den Krallen des Polizisten entzogen hatte, die Beine unter den Arm nahm und quer über die Felder lief, um noch schneller wieder zu Hause zu sein. In der großen Eile sprang er über hohe Böschungen, über Dornenhecken und Wassergräben, gerade so wie es ein von Jägern verfolgtes Böckchen oder Häschen auch getan hätte.

Zu Hause angekommen, fand er die Tür angelehnt. Er stieß sie auf und ging hinein. Kaum hatte er den Riegel vorgeschoben, ließ er sich mit einem großen Seufzer der Erleichterung auf die Erde fallen.

Aber die Erleichterung sollte nicht lange andauern, denn er hörte jemand im Zimmer, der »zirp-zirp-zirp« machte.

»Wer ruft mich?«, sagte Pinocchio ganz verängstigt.

»Ich bin es.«

Pinocchio drehte sich um und sah eine große Grille, die ganz langsam die Wand hinaufkroch.

»Sag, Grille, wer bist denn du eigentlich?«

»Ich bin die Sprechende Grille und wohne schon über hundert Jahre in diesem Zimmer.«

»Ab heute gehört dieses Zimmer mir«, sagte der hölzerne Junge, »und wenn du mir einen Gefallen tun willst, so verschwinde schleunigst, ohne dich nochmals umzudrehen.«

»Ich werde nicht von hier weichen«, antwortete die Grille, »ohne dir eine große Wahrheit gesagt zu haben.«

»Sage sie mir, aber schnell.«

»Wehe den Kindern, die sich gegen ihre Eltern auflehnen und unüberlegt ihr Elternhaus verlassen. Sie werden es nie mehr gut auf dieser Welt haben, und früher oder später werden sie es bitter bereuen.«

»Sing nur, meine Grille, wie es dir gefällt; ich aber weiß, dass ich morgen bei Tagesgrauen von hier weggehen will. Bleibe ich nämlich hier, wird es mir wie allen anderen Kindern ergehen: Man wird mich in die Schule schicken; und ob ich will oder nicht, ich muss lernen. Und ganz im Vertrauen gesagt – dazu habe ich nicht im Geringsten Lust. Ich laufe lieber den Schmetterlingen nach und steige auf die Bäume, um junge Vögel aus den Nestern zu holen.«

»Armes Dummerchen! Weißt du denn nicht, dass du so, bist du erst erwachsen, ein rechter Esel sein wirst und dass alle sich über dich lustig machen werden?«

»Schweig still, du unkende Grille!«, rief Pinocchio.

Die Grille, die geduldig und klug war, nahm die Frechheit nicht übel und fuhr im gleichen Tone fort:

»Wenn du schon nicht zur Schule gehen willst, warum erlernst du nicht ein Handwerk, mit dem du dir ehrlich ein Stück Brot verdienen kannst?«

»Soll ich es dir sagen?«, erwiderte Pinocchio, der allmählich die Geduld verlor. »Von allen Berufen auf der Welt gibt es nur einen einzigen, der mir gefallen könnte.«

»Und was für ein Beruf wäre das?«

»Essen, trinken, schlafen, mich vergnügen und von früh bis spät ein Vagabundenleben führen.«

»Damit du es weißt«, sagte die Sprechende Grille mit gewohnter Ruhe, »alle, die diesem Beruf nachgehen, landen fast immer im Armenhaus oder im Gefängnis.«

»Pass auf, du unkende Grille –, wenn mir die Galle hochsteigt, wehe dir!«

»Armer Pinocchio, du dauerst mich wirklich.«

»Warum tue ich dir leid?«

»Weil du eine Holzpuppe bist und, was schlimmer ist, weil du einen Holzkopf hast.«

Bei diesen Worten sprang Pinocchio wutentbrannt auf, nahm einen Holzhammer von der Bank und schleuderte ihn gegen die Sprechende Grille.

Vielleicht nahm er nicht einmal an, dass er sie treffen könnte; aber unglücklicherweise erwischte er sie genau am Kopf, sie konnte gerade noch ein »Zirp-zirp-zirp« sagen und blieb dann totgeschlagen an der Wand kleben.

V

Weil Pinocchio Hunger hat, sucht er ein Ei, um sich ein Omelett zu backen; aber im schönsten Augenblick fliegt ihm das Omelett zum Fenster hinaus

Mittlerweile begann es, Nacht zu werden. Und Pinocchio, dem einfiel, dass er noch nichts gegessen hatte, spürte ein leichtes Rumoren im Magen, das sehr an Appetit erinnerte.

Aber der Appetit wächst bei Kindern schnell, und flugs wurde nach wenigen Minuten aus dem Appetit Hunger, und aus dem Hunger wurde im Handumdrehen ein Bärenhunger, ein Hunger, den man mit dem Messer hätte schneiden können.

Der arme Pinocchio lief plötzlich zum Herd, auf dem ein kochender Topf stand, wollte den Deckel heben, um zu sehen, was drin war; aber der Topf war ja nur auf die Wand gemalt. Ihr könnt euch seine Enttäuschung vorstellen. Seine Nase, die schon so lang war, wurde noch um mindestens vier Finger länger.

Nun rannte er durch das Zimmer, stöberte in allen Kisten, allen Verstecken herum und suchte etwas Brot, nur ein Stückchen trockenes Brot, eine Brotrinde, einen für den Hund übrig gelassenen Knochen, etwas angeschimmelten Maisbrei, eine Fischgräte, einen Kirschkern, kurz: irgendetwas zum Beißen. Aber er fand nichts, gar nichts, nicht das geringste bisschen.

Und der Hunger wurde immer größer, und der arme Pinocchio konnte sich nur durch Gähnen Erleichterung verschaffen. Und er gähnte so sehr, dass ihm der Mund ein paar Mal bis zu den Ohren offen stand. Und nachdem er gegähnt hatte, spuckte er aus und spürte, wie sich ihm der Magen zusammenzog.

Weinend und ganz verzweifelt sagte er:

»Die Sprechende Grille hatte recht. Es war unrecht von mir, mich gegen meinen Vater aufzulehnen und von zu Hause wegzulaufen. – Wäre mein Papa hier, müsste ich nicht vor lauter

Gähnen verhungern. Ach, was ist der Hunger doch für eine schreckliche Krankheit!«

Da glaubte er plötzlich im Abfallhaufen etwas Rundes und Weißes zu sehen, das ganz wie ein Hühnerei aussah. Wie der Blitz sprang er hin und griff danach – es war wirklich ein Ei.

Pinocchios Freude kann man nicht beschreiben, man kann sie sich nur einfach vorstellen. Alles kam ihm wie ein Traum vor. Er drehte das Ei in den Händen, streichelte und küsste es und sagte:

»Und wie soll ich es nun zubereiten? Soll ich ein Omelett machen? – Nein, ich koche es lieber. – Oder würde es nicht besser schmecken, wenn ich es in der Pfanne briete, oder wie wäre es, wenn ich es zum Trinken weichkochte? – Nein, am schnellsten geht es im Tiegel oder in der Pfanne. Und ich habe ja einen solchen Hunger darauf.«

Gesagt, getan. Er stellte ein kleines Pfännchen auf das Becken voll glühender Kohle, tat anstelle von Öl oder Butter etwas Wasser in das Pfännchen, und als das Wasser zu dampfen anfing, knack – zerbrach er die Eierschale und wollte das Ei in das Pfännchen geben.

Aber anstelle von Eiweiß und Dotter schlüpfte ein quietschfideles und liebes Küken aus, machte eine artige Verbeugung und sagte: »Tausend Dank, Herr Pinocchio, Ihr habt mir die Mühe, die Schale aufzubrechen, erspart. Auf Wiedersehen, alles Gute und viele Grüße zu Hause.«

Daraufhin breitete es die Flügel aus und flog durch das offene Fenster und war bald nicht mehr zu sehen.

Der arme Pinocchio stand wie versteinert da, mit starrem Blick und offenem Mund und den Eierschalen in den Händen.

Als er sich nach dem ersten Schrecken wieder gefangen hatte, begann er zu weinen, zu schreien und aus lauter Verzweiflung mit den Füßen auf den Boden zu stampfen. Weinend sagte er:

»Also, die Sprechende Grille hatte doch recht. Wäre ich nicht von zu Hause ausgerissen und wäre mein Papa hier, müsste ich nicht vor Hunger sterben. Ach, was ist der Hunger doch für eine schreckliche Krankheit.«

Und weil sein Magen schlimmer als zuvor weiterrumorte und er nicht wusste, wie er ihn zum Schweigen bringen sollte, wollte er das Haus verlassen und rasch ins benachbarte Dorf hinüberlaufen, denn er hoffte, dort eine mildtätige Seele zu finden, die ihm als Almosen ein Stück Brot gäbe.

VI

Pinocchio schläft mit den Füßen über dem Kohlebecken ein. Am nächsten Morgen wacht er mit völlig verbrannten Füßen auf

Es war ausgerechnet eine abscheuliche Winternacht. Es donnerte fürchterlich und es blitzte, als wolle der ganze Himmel brennen, und ein kalter, heftiger Sturm brauste wütend und wirbelte eine riesige Staubwolke auf und ließ alle Bäume auf den Feldern ächzen und knarren.

Pinocchio hatte vor dem Donner und den Blitzen große Angst; aber der Hunger war größer als die Angst. Darum lehnte er die Haustüre an, und nach hundert Sprüngen war er im Dorf, mit heraushängender Zunge und keuchend wie ein Jagdhund.

Aber dort war alles dunkel und verlassen. Die Läden waren zu, die Fenster waren zu, und auf der Straße lief nicht einmal ein Hund. Das Dorf schien wie ausgestorben.

Vor lauter Hunger und Verzweiflung zog er die Glocke eines Hauses, läutete Sturm und sagte zu sich:

»Es wird schon jemand an die Tür kommen.«

Tatsächlich erschien ein altes Männchen mit der Nachtmütze auf dem Kopf am Fenster und rief zornig:

»Was wollt Ihr zu solcher Stunde?«

»Würdet Ihr mir ein Stückchen Brot geben?«

»Warte, ich komme gleich zurück«, antwortete der Alte, der glaubte, es mit einem der übermütigen Lausbuben zu tun zu haben, die zum Spaß nachts die Hausglocken ziehen, um die Leute in ihrem ruhigen Schlaf zu stören.

Nach einer halben Minute ging das Fenster wieder auf, und die Stimme des besagten Männchens rief Pinocchio zu:

»Stell dich unter das Fenster und halte den Hut hin.«

Pinocchio nahm sogleich sein Hütchen ab; aber als er es hinhalten wollte, spürte er, wie ein gewaltiger Wasserguss auf ihn niederging und ihn von Kopf bis Fuß klatschnass machte, als wäre er ein Topf mit vertrockneten Geranien.

Wie ein begossener Pudel kehrte er vor Müdigkeit und Hunger erschöpft nach Hause zurück. Und weil er nicht mehr die Kraft hatte, sich aufrecht zu halten, setzte er sich und legte seine nassen, schmutzigen Füße auf das Becken voll glühender Kohle. Und dort schlief er ein. Und während er schlief, fingen seine Füße, die ja aus Holz waren, zu glimmen an, verkohlten allmählich und wurden zu Asche.

Und Pinocchio schlief und schnarchte weiter, als gehörten seine Füße einem anderen. Schließlich erwachte er im Morgengrauen, weil jemand an die Tür geklopft hatte.

»Wer da?«, fragte er gähnend und rieb sich die Augen.

»Ich bin es«, antwortete eine Stimme. Es war die Stimme Geppettos.

VII

Geppetto kehrt nach Hause zurück und gibt dem hölzernen Jungen zu essen, was er für sich selbst mitgebracht hatte

Der arme Pinocchio, der vor Schlaf noch kaum aus den Augen gucken konnte, hatte noch gar nicht festgestellt, dass seine Füße verbrannt waren. Kaum hatte er die Stimme seines Vaters vernommen, sprang er mit einem Satz vom Schemel und wollte den Türriegel öffnen; aber stattdessen fiel er nach zwei oder drei taumelnden Schritten plötzlich der Länge nach auf den Fußboden.

Dabei entstand ein Krach, als wäre ein Sack Kochlöffel aus dem fünften Stockwerk gefallen.

»Mach mir auf!«, rief Geppetto nun von der Straße her.

»Papa, ich kann nicht«, antwortete weinend der hölzerne Junge und rutschte am Boden entlang.

»Warum kannst du nicht?«

»Weil man mir die Füße gefressen hat.«

»Und wer hat sie dir gefressen?«

»Die Katze«, sagte Pinocchio, als er sah, wie die Katze sich damit amüsierte, mit den Vorderpfoten ein paar Holzspäne tanzen zu lassen.

»Mach mir auf, sage ich!«, wiederholte Geppetto. »Wenn nicht, na, warte, wenn ich erst drinnen bin, dann geb ich dir deine Katze!«

»Ich kann nicht stehen, so glaubt mir! Ach, ich Armer, ich Armer, nun muss ich mein ganzes Leben lang auf den Knien gehen!«

Geppetto aber, der vermutete, dass dieses ganze Gewimmere nur ein neuer Streich des hölzernen Jungen sei, wollte dem Spaß ein Ende bereiten, kletterte die Mauer hoch und gelangte durch das Fenster ins Haus.

Anfangs wollte er ihm die Leviten lesen, als er aber dann sah, dass sein armer Pinocchio am Boden lag und tatsächlich keine Füße mehr hatte, da wurde sein Herz doch weich; er nahm ihn sofort auf den Arm und küsste, streichelte und liebkoste ihn, und während ihm dicke Tränen die Wangen herabflossen, schluchzte er:

»Mein lieber kleiner Pinocchio, wie konnte das nur geschehen, dass du dir die Füße verbrannt hast?«

»Ich weiß es nicht, Vater, aber glaubt mir, es war eine ganz schreckliche Nacht, und ich werde sie bis an mein Lebensende nicht vergessen. Es blitzte und donnerte, und ich hatte so großen Hunger, da sagte die Sprechende Grille: ›Es geschieht dir recht: Du warst unartig, und du verdienst es‹, und ich sagte: ›Pass bloß auf, Grille!‹, und sie sagte: ›Du bist eine Holzpuppe und hast einen Holzkopf‹, und ich warf den Hammer nach ihr, und sie starb, aber es war ihre Schuld, ich wollte sie nicht umbringen, ich hatte doch einen Tiegel auf das heiße Kohlebecken gestellt, aber das Küken ist davongeflogen und sagte: ›Auf Wiedersehen und viele Grüße daheim‹, und mein Hunger wurde immer größer, und deshalb sagte der kleine Alte mit der Nachtmütze, der ans Fenster trat, zu mir: ›Stell dich unters Fenster und halte den Hut hin‹, und ich, mit dem Eimer Wasser auf dem Kopf (es

ist doch keine Schande, um ein Stück Brot zu bitten, oder?), ging sofort nach Hause zurück, und weil ich immer noch Hunger hatte, legte ich die Füße zum Trocknen auf das Kohlebecken, und Ihr seid zurückgekehrt, und ich habe sie mir verbrannt, und

Hunger habe ich immer noch, aber die Füße nicht mehr! Huh! – Huh! – Huh!«

Und der arme Pinocchio schluchzte und weinte so laut, dass man es noch in fünf Kilometer Entfernung hören konnte.

Geppetto, der von dem wirren Gerede nur so viel verstand, dass der hölzerne Junge glaubte, vor Hunger zu sterben, holte drei Birnen aus der Tasche, reichte sie ihm und sagte:

»Diese drei Birnen sollten meine Mahlzeit sein, aber ich gebe sie dir gern, und lass sie dir gut schmecken.«

»Wenn ich sie essen soll, so schält sie mir bitte!«

»Ich soll sie schälen?«, antwortete Geppetto erstaunt. »Ich hätte nie gedacht, mein Junge, dass du derartig verwöhnt bist und einen so wählerischen Gaumen hast. Schlimm! Auf dieser Welt muss man sich schon von klein auf daran gewöhnen, alles zu essen, ohne das Gesicht zu verziehen, denn man weiß nie, was alles auf einen zukommen kann. Es passiert ja so viel!«

»Ihr habt recht«, sagte Pinocchio, »aber ich esse nie ungeschältes Obst. Ich mag einfach die Schalen nicht.«

Und dieser gute Mensch von Geppetto kramte ein kleines Messer hervor, schälte mit einer Engelsgeduld die drei Birnen und legte alle Schalen auf eine Ecke des Tisches.

Mit zwei Bissen hatte Pinocchio die erste Birne verschlungen und wollte gerade den Butzen wegwerfen, aber Geppetto hielt ihn am Arm fest und sagte:

»Wirf ihn nicht weg: auf dieser Welt kann man alles gebrauchen.«

»Aber ich esse wirklich keinen Butzen«, schrie der hölzerne Junge und fuhr hoch wie eine Schlange.

»Wer weiß: Es kommt ja so viel vor!«, sagte Geppetto wiederum und blieb dabei ganz ruhig.

Also wurden die drei Butzen, statt zum Fenster hinausgeworfen, zu den Schalen auf die Ecke des Tisches gelegt.

Nachdem Pinocchio die drei Birnen gegessen oder, besser gesagt, verschlungen hatte, gähnte er ausgiebig und sagte weinerlich:

»Ich habe immer noch Hunger!«

»Aber, mein lieber Junge, ich kann dir nichts mehr geben.«

»Wirklich gar nichts mehr?«

»Ich hätte dir nur diese Schalen und Birnenbutzen.«

»Na ja«, sagte Pinocchio, »wenn es nichts anderes gibt, esse ich eben eine Schale.«

Und er fing zu kauen an. Zunächst verzog er ein wenig den Mund, aber dann verdrückte er ruckzuck eine Schale nach der anderen, und nach den Schalen auch noch die Butzen; und als er alles aufgegessen hatte, schlug er ganz zufrieden die Hände über dem Bauch zusammen und jubelte: »So, jetzt geht es mir gut!«

»Du siehst also«, bemerkte Geppetto, »dass ich recht hatte, als ich sagte, dass man es sich nicht angewöhnen darf, zu heikel oder zu wählerisch zu werden. Mein Lieber, man weiß nie, was uns auf dieser Welt zustoßen kann. Es passiert ja so manches.«

VIII

Geppetto macht Pinocchio neue Füße und verkauft seine eigene Jacke, um ihm eine Fibel zu kaufen

Kaum hatte der hölzerne Junge seinen Hunger gestillt, fing er gleich zu meckern und zu jammern an, weil er ein Paar neue Füße wollte.

Aber Geppetto ließ ihn einen halben Tag lang jammern und wehklagen, um ihn für seinen Streich zu strafen. Dann sagte er:

»Und warum sollte ich dir neue Füße machen? Damit du etwa wieder von zu Hause Reißaus nehmen kannst?«

»Ich verspreche Euch«, schluchzte der hölzerne Junge, »dass ich von heute an artig sein werde.«

»Alle Kinder«, erwiderte Geppetto, »reden so, wenn sie etwas haben wollen.«

»Ich verspreche Euch, ich werde in die Schule gehen, werde fleißig sein und es zu etwas bringen.«

»Alle Kinder erzählen die gleiche Geschichte, wenn sie etwas haben wollen.«

»Aber ich bin nicht wie die anderen Kinder! Ich bin besser als alle und sage immer die Wahrheit. Ich verspreche Euch, lieber Vater, dass ich ein Handwerk erlernen will und Trost und Stütze Eures Alters sein werde.«

Obwohl Geppetto eine finstere Miene machte, hatte er die Augen voller Tränen und das Herz voller Mitleid, als er seinen armen Pinocchio in einem so erbarmungswürdigen Zustand sah. Und so sagte er nichts weiter, sondern nahm sein Werkzeug und zwei abgelagerte Holzstücke zur Hand und machte sich mit größtem Eifer ans Werk.

Und in weniger als einer Stunde waren die Füße fix und fertig: zwei schlanke, dürre, aber sehnige Füßchen, als wären sie von einem großen Künstler gefertigt worden.

Da sagte Geppetto zu dem hölzernen Jungen:

»Mach die Augen zu und schlafe!«

Und Pinocchio schloss die Augen und tat so, als ob er schliefe. Und während er den Schlafenden spielte, klebte Geppetto mit etwas Leim, den er zuvor in einer Eierschale aufgelöst hatte, die beiden Füße an der richtigen Stelle an, und er klebte sie ihm so gut an, dass man nicht einmal mehr die Nahtstelle sehen konnte.

Kaum hatte der hölzerne Junge bemerkt, dass er wieder Füße hatte, sprang er vom Tisch, auf dem er gelegen hatte, und fing an, tausend Trippelschrittchen und tausend Luftsprünge zu machen, als hätte er vor lauter Glück den Verstand verloren.

»Um mich für all das, was Ihr mir getan habt, zu bedanken«, sagte Pinocchio zu seinem Vater, »will ich gleich in die Schule gehen.«

»Bravo, mein Junge!«

»Aber um zur Schule zu gehen, brauche ich noch etwas zum Anziehen.«

Geppetto, der arm war und nicht einmal einen Pfennig in seiner Tasche hatte, machte ihm gleich einen kleinen Anzug aus geblümtem Papier, ein Paar Schuhe aus Baumrinde und ein Hütchen aus Brotkrumen.

Pinocchio lief sofort zu einer Wasserschüssel, um darin sein Spiegelbild zu sehen, und war so mit sich zufrieden, dass er eitel wie ein Pfau sagte: »Ich sehe wirklich wie ein Herr aus!«

»Wirklich«, antwortete Geppetto; »aber merke dir, nicht ein schöner Anzug macht den Herrn aus, sondern ein sauberer.«

»Nebenbei bemerkt«, fügte der hölzerne Junge hinzu, »um zur Schule zu gehen, fehlt mir noch immer etwas; mir fehlt vor allem das Wichtigste und Beste.«

»Das wäre?«

»Mir fehlt die Fibel.«

»Du hast recht; aber wie bekommt man eine?«

»Das ist ganz einfach: Man geht zum Buchhändler und kauft sie.«

»Und das Geld?«

»Ich habe keines.«

»Ich auch nicht«, sagte der gute Alte traurig.

Und obwohl Pinocchio ein ganz vergnügter Junge war, wurde auch er traurig. Denn das Elend, wenn es wirkliches Elend ist, begreifen alle, sogar die Kinder.

»Geduld!«, rief Geppetto und stand plötzlich auf; und nachdem er sich seine alte geflickte und ausgebesserte Jacke aus grobem Leinen angezogen hatte, verließ er eilends das Haus.

Kurz darauf kehrte er zurück und hielt eine Fibel für den Jungen in der Hand, aber er hatte keine Jacke mehr. Der arme Mann war hemdsärmelig, und draußen schneite es.

»Und die Jacke, Vater?«

»Ich habe sie verkauft.«

»Warum habt Ihr sie verkauft?«

»Weil mir zu warm war.«

Pinocchio verstand die Antwort sofort. Und da er dem Drang seines guten Herzens freien Lauf lassen musste, fiel er Geppetto um den Hals und küsste ihm das ganze Gesicht ab.

IX

Pinocchio verkauft die Fibel, um ins Puppentheater zu gehen

Als es aufgehört hatte zu schneien, machte sich Pinocchio mit der neuen Fibel unterm Arm auf den Weg zur Schule. Unterwegs gingen tausend Dinge durch sein Köpfchen, und er baute tausend Luftschlösser, eines schöner als das andere.

Er sprach mit sich selbst und sagte: »Heute will ich in der Schule gleich das Lesen lernen, morgen lerne ich dann schreiben, und übermorgen lerne ich rechnen. Und dann werde ich mit meinen Fähigkeiten viel Geld verdienen, und vom ersten Geld, das ich in der Tasche habe, will ich meinem Vater eine schöne Tuchjacke machen. Aber was sage ich Tuch? Ganz aus Silber und Gold soll sie sein und mit Knöpfen aus Diamanten. Der arme Mann verdient es wirklich, denn schließlich läuft er jetzt bei dieser Kälte in Hemdsärmeln herum, nur um mir Bücher zu kaufen und mich in die Schule zu schicken. Zu bestimmten Opfern sind eben nur Väter imstande!«

Während er ganz gerührt so sprach, war ihm, als hörte er aus der Ferne Musik von Pfeifen und Trommelschlägen: fi-fi-fi, fi-fi-fi, bumm, bumm, bumm, bumm.

Er blieb stehen und lauschte. Diese Klänge kamen vom Ende einer ganz langen Querstraße, die zu einem kleinen Dorf führte, das direkt am Meer lag.

»Was mag das für eine Musik sein? Schade, dass ich zur Schule muss, sonst …«

Ratlos blieb er stehen. Aber er musste sich auf jeden Fall entscheiden: entweder zur Schule gehen oder den Pfeifern zuhören.

»Heute will ich mir die Pfeifer anhören, und morgen gehe ich zur Schule. Um in die Schule zu gehen, ist immer noch Zeit genug«, sagte dieser Lausebengel schließlich mit einem Achselzucken.

Gesagt, getan. Er bog in die Querstraße ein und nahm die Beine unter den Arm. Je schneller er rannte, umso deutlicher hörte er die Pfeifenklänge und die dumpfen Schläge der großen Trommel: fi-fi-fi, fi-fi-fi, fi-fi-fi, bumm, bumm, bumm, bumm.

Dann stand er plötzlich mitten auf einem Platz, der voller Leute war. Alle drängten sich um eine große Bude aus Holz und buntbemalter Leinwand.

»Was ist das für eine Bude?«, fragte Pinocchio einen kleinen Jungen, der aus dem Dorf war.

»Lies, was auf dem Plakat geschrieben steht, dann weißt du es.«

»Ich würde es ja gerne lesen, aber ausgerechnet heute kann ich nicht lesen.«

»Bravo, du Ochse! Dann lese ich es dir vor. Also, auf diesem Plakat mit den feuerroten Buchstaben steht geschrieben: GROSSES PUPPENTHEATER.«

»Hat das Stück schon lange angefangen?«

»Es fängt gerade an.«

»Und was kostet der Eintritt?«

»Vier Groschen.«

Pinocchio, neugierig wie er war, verlor jede Zurückhaltung und fragte, ohne rot zu werden, den kleinen Jungen:

»Würdest du mir bis morgen vier Groschen leihen?«

»Ich würde sie dir gerne geben«, antwortete ihm spöttisch der andere, »aber ausgerechnet heute kann ich sie dir nicht geben.«

»Für vier Groschen verkaufe ich dir meine Jacke«, sagte da der hölzerne Junge.

»Was soll ich mit einer Jacke aus bemaltem Papier anfangen? Wenn es darauf regnet, kriegt man sie nicht mal mehr vom Leib.«

»Willst du meine Schuhe kaufen?«

»Die sind gerade gut, um Feuer zu machen.«

»Wie viel gibst du mir für das Hütchen?«

»Tolles Geschäft, wirklich! Ein Hütchen aus Brotkrumen! Die Mäuse werden es mir vom Kopf fressen.«

Pinocchio saß wie auf Kohlen. Er war drauf und dran, ein letztes Angebot zu machen, hatte aber keinen Mut: Er zögerte, schwankte, litt. Schließlich sagte er:

»Willst du mir vier Groschen für diese neue Fibel geben?«

»Ich bin ein Junge und kaufe nichts von anderen Jungen«, antwortete ihm sein kleiner Gesprächspartner, der weit mehr Verstand hatte als er.

»Für vier Groschen nehme ich die Fibel«, rief ein Trödler, der die Unterhaltung aus der Nähe verfolgt hatte.

Und das Buch wurde auf der Stelle verkauft. Wenn man bedenkt, dass dieser arme Mensch von Geppetto in Hemdsärmeln zu Hause vor Kälte zitterte, nur um seinem Sohn die Fibel zu kaufen!

X

Die Holzpuppen erkennen ihren Bruder Pinocchio und bereiten ihm einen stürmischen Empfang. Aber im schönsten Augenblick tritt der Puppenspieler ›Feuerfresser‹ hervor, und Pinocchio läuft Gefahr, ein schlimmes Ende zu nehmen

Als Pinocchio das Puppentheater betrat, geschah etwas, das fast einen Aufstand auslöste.

Man muss nämlich wissen, dass der Vorhang hochgezogen war und die Vorstellung bereits begonnen hatte.

Auf der Bühne waren Harlekin und Pulcinell zu sehen, die miteinander stritten und, wie immer, sich ständig Ohrfeigen und eine Tracht Prügel androhten.

Die Zuschauer im Parkett waren ganz aufmerksam und lachten sich fast zu Tode, als sie das Wortgefecht der beiden Holzpuppen hörten, die wild herumfuchtelten und sich so echt beschimpften, als wären sie tatsächlich zwei vernunftbegabte Lebewesen und Menschen dieser Welt.

Da unterbricht Harlekin völlig unerwartet und urplötzlich seine Rede, wendet sich an das Publikum, deutet mit der Hand auf jemanden im hinteren Parkett und ruft pathetisch:

»Götter des Himmels! Träume ich oder bin ich wach? Der da hinten ist doch Pinocchio!«

»Es ist wirklich Pinocchio«, ruft Pulcinell.

»Er ist es tatsächlich«, kreischt Signora Rosaura und steckt ihren Kopf durch die Kulissen.

»Es ist Pinocchio, es ist Pinocchio!«, rufen alle Holzpuppen im Chor und springen aus den Kulissen hervor. »Es ist Pinocchio! Es ist unser Bruder Pinocchio! Es lebe Pinocchio!«

»Pinocchio, komm zu mir herauf!«, schreit Harlekin. »Komm und wirf dich in die Arme deiner hölzernen Brüder!«

Auf diese Aufforderung hin macht Pinocchio einen Satz von

den hintersten Plätzen zu den vorderen, springt dann mit einem weiteren Satz von den vorderen Plätzen auf den Kopf des Orchesterdirigenten und von dort auf die Bühne. Man kann sich die Umarmungen und Liebkosungen, die freundschaftlichen Knüffe und Püffe der echten und wahren Verbrüderung nicht vorstellen, mit denen Pinocchio in diesem Durcheinander von den Schauspielern und Schauspielerinnen der hölzernen Theatertruppe bedacht wurde.

Dieser Anblick war zweifellos bewegend; aber als das Publikum im Parkett sah, dass das Stück nicht mehr weiterging, wurde es ungeduldig und fing an zu schreien:

»Wir wollen das Stück, wir wollen das Stück!«

Das ganze Schreien war vergebens, denn anstatt ihr Spiel fortzusetzen, lärmten und schrien die Holzpuppen nur noch einmal so laut und hoben Pinocchio auf ihre Schultern und trugen ihn im Triumph nach vorn ins Rampenlicht.

Da kam der Puppenspieler heraus, ein so ungeschlachter Kerl, dass man schon Angst bekam, wenn man ihn nur ansah. Er hatte einen fürchterlichen Bart, der so schwarz war wie ein Tintenklecks und so lang, dass er ihm vom Kinn bis zum Boden herabhing; wenn er ging, trat er mit seinen Füßen darauf. Sein Mund war breit wie ein Backofen, seine Augen sahen aus wie zwei rote Glaslaternen, in denen ein Licht flackerte, und in den Händen ließ er eine große Peitsche aus ineinander geschlungenen Schlangen und Fuchsschwänzen knallen.

Beim unerwarteten Auftauchen des Puppenspielers verstummten alle: Keiner wagte mehr zu atmen. Man hätte eine Fliege hören können. Die armen Holzpuppen, Männlein wie Weiblein, zitterten wie Espenlaub.

»Warum richtest du in meinem Theater ein solches Durcheinander an?«, fragte der Puppenspieler Pinocchio mit der Stimme eines erkälteten Menschenfressers.

»Glaubt mir, Durchlaucht, es ist nicht meine Schuld.«

»Jetzt reicht's aber! Heute Abend rechnen wir miteinander ab.«

Und tatsächlich ging der Puppenspieler nach beendeter Vorstellung in die Küche, wo er sich einen schönen Hammel für das Abendessen bereitet hatte, den er langsam am Spieß drehte. Und weil ihm noch Holz fehlte, um ihn gar und knusprig zu braten, rief er Harlekin und Pulcinell und sagte zu ihnen:

»Bringt mir die Holzpuppe her, die am Nagel hängt. Mir scheint, die Puppe ist aus ganz besonders trockenem Holz, und ich bin sicher, wenn ich sie ins Feuer werfe, gibt sie mir eine herrliche Flamme für den Braten ab.«

Harlekin und Pulcinell zögerten zuerst, doch von einem bösen Blick ihres Herrn eingeschüchtert, gehorchten sie. Und wenig später kehrten sie in die Küche zurück und brachten den armen Pinocchio, der sich wie ein aus dem Wasser gezogener Aal wand und verzweifelt schrie:

»Mein Vater, rettet mich! Ich will nicht sterben, ich will nicht sterben.«

XI

Feuerfresser muss niesen und verzeiht Pinocchio, der dann seinen Freund Harlekin vor dem Tod bewahrt

Der Puppenspieler Feuerfresser (denn so hieß er) sah zum Fürchten aus, das kann man nicht bestreiten, besonders mit seinem fürchterlichen schwarzen Bart, der ihm wie eine Schürze Brust und Beine bedeckte; aber im Grunde war er kein schlechter Mensch.

Dies sei der Beweis dafür: Als er sah, wie der arme Pinocchio herangeschleppt wurde und nach allen Seiten um sich schlug und schrie: »Ich will nicht sterben, ich will nicht sterben!«, da ergriff ihn plötzlich Mitleid und Erbarmen. Und nachdem er noch eine Weile hart geblieben war, konnte er sich schließlich nicht mehr beherrschen und musste fürchterlich laut niesen.

Bei diesem Niesen strahlte Harlekins Gesicht. Die ganze Zeit über hing er nämlich betrübt und bekümmert wie eine Trauerweide herum. Er neigte sich zu Pinocchio und flüsterte ihm leise zu:

»Gute Nachrichten, Bruder! Der Puppenspieler hat geniest und das bedeutet, dass er Mitleid mit dir hat, und nun bist du gerettet.«

Man muss nämlich Folgendes wissen: Während alle Menschen weinen oder mindestens so tun, als ob sie sich die Augen wischten, wenn sie für jemanden Mitleid empfinden, hatte der Feuerfresser jedes Mal, wenn er wirklich gerührt war, die seltsame Angewohnheit, zu niesen. Es war dies eben seine Art, sein weiches Herz zu zeigen.

Nachdem er geniest hatte, spielte er noch immer den Schrecklichen und schrie Pinocchio an:

»Hör auf zu weinen! Dein Gejammere hat mir hier drinnen im Magen ein Rumoren verursacht, ich spüre ein Zwicken, dass ich beinahe, beinahe ... Hatschi! hatschi!«, und er nieste noch zweimal.

»Gesundheit«, sagte Pinocchio.

»Danke. Sind dein Vater und deine Mutter noch am Leben?«, fragte ihn der Feuerfresser.

»Der Vater ja, die Mutter habe ich nie gekannt.«

»Wer weiß, was für ein Unglück es für deinen alten Vater wäre, wenn ich dich jetzt auf diese glühenden Kohlen werfen ließe. Armer alter Mann, er tut mir leid! – Hatschi! hatschi! hatschi!«, und er musste noch dreimal niesen.

»Gesundheit!«, sagte Pinocchio.

»Danke! Übrigens bin auch ich zu bedauern, denn, wie du siehst, habe ich nicht mehr genug Holz, um den Hammel gar zu braten, und du, das muss ich sagen, wärst mir da gerade recht gewesen. Aber nun habe ich mich erweichen lassen und muss mich gedulden. Statt deiner werde ich eine Figur aus meiner Theatertruppe unter den Spieß legen. He, Polizisten!«

Auf diesen Befehl erschienen sogleich zwei elend lange, stockdürre Polizisten mit dem Dreispitz auf dem Kopf und gezogenem Säbel in der Hand.

Nun befahl ihnen der Puppenspieler mit rasselnder Stimme: »Ergreift den Harlekin da, fesselt ihn gut und werft ihn ins Feuer. Mein Hammel soll schön durchgebraten sein.«

Stellt euch den armen Harlekin vor! Sein Schreck war so groß, dass ihm die Beine einknickten und er bäuchlings zu Boden fiel.

Als Pinocchio dieses herzzerreißende Schauspiel sah, warf er sich dem Puppenspieler zu Füßen und vergoss heiße Tränen und wusch damit alle Haare seines fürchterlich langen Bartes und sagte flehentlich:

»Mitleid, Herr Feuerfresser!«

»Hier gibt es keine Herren.«

»Mitleid, Herr Ritter!«

»Hier gibt es keine Ritter!«

»Mitleid, Herr Komtur!«

»Hier gibt es keine Komture.«

»Mitleid, Exzellenz!«

Als der Puppenspieler hörte, dass er mit Exzellenz angeredet wurde, spitzte er sogleich den Mund und war mit einem Mal viel menschlicher und umgänglicher geworden. Er sagte zu Pinocchio:

»Nun, was willst du von mir?«

»Ich bitte Euch um Gnade für den armen Harlekin.«

»Hier ist keine Gnade angebracht. Wenn ich dich schon verschont habe, muss ich dafür ihn ins Feuer werfen, denn ich will, dass mein Hammel gut durchgebraten wird.«

»In diesem Fall«, rief Pinocchio würdevoll, richtete sich auf und warf sein Hütchen aus Brotkrumen weg, »in diesem Fall weiß ich, was meine Pflicht ist. Vorwärts, meine Herren Polizisten! Fesselt mich und werft mich dort in die Flammen. Nein, es ist nicht recht, dass der arme Harlekin, mein guter Freund, für mich sterben soll.«

Diese Worte, die laut und heldenmütig gesprochen wurden, brachten alle Holzpuppen, die diesen Vorgang miterlebt hatten, zum Weinen. Sogar die Polizisten, obwohl sie aus Holz waren, weinten wie zwei Milchlämmer.

Feuerfresser blieb zunächst hart und ungerührt wie ein Eisklotz; aber dann taute auch er ganz allmählich auf und begann zu niesen. Und nach vier- oder fünfmaligem Niesen breitete er liebevoll seine Arme aus und sagte zu Pinocchio:

»Du bist ein braver Junge. Komm zu mir und gib mir einen Kuss.«

Pinocchio lief gleich herbei, kletterte wie ein Eichhörnchen am Bart des Puppenspielers hoch und gab ihm einen herzerfrischenden Kuss auf die Nasenspitze.

»Bin ich also begnadigt?«, fragte der arme Harlekin mit so hauchdünner Stimme, dass man sie kaum hören konnte.

»Du bist begnadigt«, antwortete Feuerfresser; dann fügte er seufzend und kopfschüttelnd hinzu:

»Also: Heute Abend begnüge ich mich damit, den Hammel halb roh zu essen; aber ein andermal: Wehe dem, den's erwischt!«

Als die Holzpuppen die Nachricht von der Begnadigung vernahmen, liefen sie alle auf die Bühne und zündeten wie zu einer Festvorstellung sämtliche Lichter und Lüster an und begannen zu hüpfen und zu tanzen. Und sie tanzten noch im Morgengrauen.

XII

Der Puppenspieler Feuerfresser schenkt Pinocchio fünf Goldmünzen, die er seinem Vater Geppetto bringen soll. Aber Pinocchio lässt sich vom Fuchs und vom Kater beschwatzen und geht mit ihnen fort

Am Tag darauf rief Feuerfresser Pinocchio beiseite und fragte ihn:

»Wie heißt dein Vater?«

»Geppetto.«

»Was ist er von Beruf?«

»Ein Armer.«

»Verdient er viel?«

»Er verdient so viel, wie man braucht, um nie einen Pfennig in der Tasche zu haben. Stellt Euch vor, um mir die Schulfibel zu kaufen, musste er seine einzige Jacke, die er auf dem Leib trug, verkaufen: eine Jacke, die mit all den Flicken und gestopften Stellen ein einziger Jammer war.«

»Armer Teufel, er tut mir fast leid. Da hast du fünf Goldmünzen. Geh schnell und bringe sie ihm und grüße ihn von mir.«

Wie man sich leicht denken kann, bedankte sich Pinocchio tausendmal bei dem Puppenspieler. Er umarmte der Reihe nach alle Holzpuppen der Theatertruppe, sogar die Polizisten, und machte sich, außer sich vor Freude, auf den Heimweg.

Er war noch keinen halben Kilometer gegangen, da traf er auf der Straße einen Fuchs, der auf einem Bein lahmte, und einen Kater, der auf beiden Augen blind war. Sie kamen zusammen daher und halfen sich als gute Leidensgenossen gegenseitig. Der Fuchs, der lahm war, stützte sich auf den Kater, und der Kater, der blind war, ließ sich vom Fuchs führen.

»Guten Morgen, Pinocchio«, sagte der Fuchs zu ihm und begrüßte ihn höflich.

»Woher kennst du denn meinen Namen?«, fragte der hölzerne Junge.

»Ich kenne deinen Vater gut.«

»Wo hast du ihn gesehen?«

»Gestern sah ich ihn vor seiner Haustür.«

»Und was machte er?«

»Er stand in Hemdsärmeln da und schlotterte vor Kälte.«

»Armer Vater! Aber, so Gott will, wird er von heute an nicht mehr schlottern müssen.«

»Warum?«

»Weil ich ein feiner Herr geworden bin.«

»Du, ein feiner Herr?«, sagte der Fuchs mit einem unverschämten, spöttischen Lachen; und der Kater grinste ebenfalls, aber damit man es nicht sah, fuhr er sich mit den Vorderpfoten über den Schnurrbart.

»Da gibt es nichts zu lachen«, sagte Pinocchio verärgert. »Es tut mir wirklich leid, euch den Mund wässrig zu machen, aber hier sind, wenn euch das etwas sagt, fünf wunderbare Goldmünzen.«

Und er kramte die Goldstücke, die ihm der Feuerfresser geschenkt hatte, hervor. Beim süßen Klang der Münzen machte der Fuchs eine ungewollte Bewegung und streckte das scheinbar steife Bein, und der Kater riss seine beiden Augen auf, die wie zwei grüne Laternen aussahen, dann schloss er sie ganz schnell wieder; Pinocchio hatte jedenfalls nichts bemerkt.

»Nun«, fragte ihn der Fuchs, »was willst du denn mit diesen Münzen anfangen?«

»Zuallererst«, antwortete der hölzerne Junge, »will ich für meinen Vater eine schöne, neue Jacke kaufen, ganz aus Gold und Silber und mit Knöpfen aus Diamanten; und dann eine Schulfibel für mich.«

»Für dich?«

»In der Tat: Weil ich zur Schule gehen und fleißig lernen will.«

»Sieh mich an!«, sagte der Fuchs. »Wegen meines albernen Bildungsdrangs habe ich ein Bein verloren.«

»Sieh mich an!«, sagte der Kater. »Wegen meines albernen Bildungsdrangs habe ich das Licht beider Augen verloren.«

In diesem Augenblick sang eine weiße Amsel, die auf einer Hecke am Straßenrand saß, ihre gewohnte Weise und sagte:

»Pinocchio, hör nicht auf die Ratschläge übler Gesellen, sonst wirst du es bereuen.«

Arme Amsel, hätte sie das bloß nie gesagt! Der Kater machte einen Satz und stürzte sich auf sie, ließ ihr nicht einmal die Zeit, ›o weh!‹ zu sagen, und schlang sie mit einem Bissen hinunter mit Federn und allem, was dran war.

Als er sie gefressen und sich das Maul abgewischt hatte, schloss er wieder die Augen und begann von Neuem, den Blinden zu spielen wie zuvor.

»Arme Amsel«, sagte Pinocchio zum Kater, »warum hast du sie so schlecht behandelt?«

»Ich wollte ihr eine Lektion erteilen. So wird sie das nächste Mal gelernt haben, sich nicht in die Gespräche anderer einzumischen.«

Sie hatten mehr als die Hälfte des Weges zurückgelegt, als der Fuchs plötzlich stehen blieb und zu Pinocchio sagte:

»Willst du deine Goldmünzen vermehren?«

»Was?«

»Willst du aus fünf armseligen Kröten hundert, tausend oder zweitausend machen?«

»Und ob! Aber wie?«

»Das Rezept ist höchst einfach. Statt nach Hause zu gehen, musst du nur mit uns kommen.«

»Und wohin wollt ihr mich führen?«

»Ins Land der Einfältigen.«

Pinocchio überlegte ein wenig und sagte dann entschlossen: »Nein, ich möchte nicht dorthin. Ich bin jetzt nicht mehr weit von zu Hause und will dorthin zurückkehren, wo mein Vater mich erwartet. Wie mag der arme Alte gestern geseufzt haben, als er mich nicht heimkehren sah. Leider war ich ein ungezogener Junge und die Sprechende Grille hatte schon recht, als sie sagte: ›Den Kindern, die nicht folgen, kann es auf dieser Welt nicht gutgehen!‹ Ich habe es am eigenen Leib erfahren, weil mir viel Unglück zugestoßen ist. Und auch gestern Abend, im Hause des Feuerfressers war ich in Gefahr ... Brrr! Mir läuft es kalt den Rücken herunter, wenn ich nur daran denke!«

»Also«, sagte der Fuchs, »du willst wirklich nach Hause gehen? Nun, so geh nur, umso schlimmer für dich.«

»Umso schlimmer für dich!«, wiederholte der Kater.

»Bedenke es wohl, Pinocchio, denn du trittst dein Glück mit Füßen.«

»Mit Füßen!«, wiederholte der Kater.

»Aus deinen fünf Goldstücken wären von heute auf morgen zweitausend geworden.«

»Zweitausend!«, wiederholte der Kater.

»Aber wie ist es denn möglich, dass aus ihnen so viele werden?«, fragte Pinocchio, dem vor Staunen der Mund offenblieb.

»Das will ich dir gleich erklären«, sagte der Fuchs. »Du musst nämlich wissen, dass es im Land der Einfältigen ein gesegnetes Feld gibt, das von allen das Feld der Wunder genannt wird. Du gräbst auf diesem Feld ein kleines Loch und legst, sagen wir, eine Goldmünze hinein. Dann füllst du das Loch wieder mit etwas Erde, begießt es mit zwei Eimern Brunnenwasser, streust eine Prise Salz darauf und legst dich am Abend ruhig ins Bett. In der Nacht keimt und blüht unterdessen das Goldstück, und wenn du am nächsten Morgen aufstehst und aufs Feld gehst, rate mal, was du da findest? Du findest einen schönen Baum, an dem so viele Goldmünzen hängen, wie im Juni eine schöne Ähre Körner tragen kann.«

»So dass ich dann«, sagte Pinocchio immer verblüffter, »wie viel Goldstücke am nächsten Morgen finde, wenn ich meine fünf Goldmünzen auf diesem Feld vergrabe?«

»Das ist eine ganz einfache Rechnung«, antwortete der Fuchs, »du kannst es an den Fingern abzählen. Wenn aus jeder Goldmünze ein Häufchen von fünfhundert Talern wird, musst du fünfhundert mal fünf nehmen, und am nächsten Morgen hast du zweitausendfünfhundert funkelnde und klirrende Goldmünzen in der Tasche.«

»O wie schön!«, rief Pinocchio und tanzte vor Freude. »Wenn ich diese Münzen geerntet habe, behalte ich zweitausend für mich und die restlichen fünfhundert, die schenke ich euch beiden.«

»Uns schenken?«, sagte der Fuchs entrüstet und spielte die beleidigte Leberwurst. »Gott bewahre!«

»Bewahre!«, wiederholte der Kater.

»Wir«, fuhr der Fuchs fort, »arbeiten doch nicht des schnöden Gewinns wegen: Wir arbeiten nur, damit andere reich werden.«

»Reich werden«, schwatzte der Kater nach.

›Was für rechtschaffene Leute!‹, dachte sich Pinocchio. Und vergaß im Handumdrehen seinen Vater, die neue Jacke, die Schulfibel und alle guten Vorsätze. Er sagte zum Fuchs und zum Kater:

»Gehen wir gleich! Ich komme mit.«

XIII

Das Wirtshaus ›Zum Roten Krebs‹

Sie gingen weiter und weiter und weiter, und als es Abend wurde, kamen sie endlich todmüde beim Wirtshaus ›Zum Roten Krebs‹ an.

»Rasten wir hier ein bisschen«, sagte der Fuchs, »um eine Kleinigkeit zu vespern und uns ein paar Stunden auszuruhen. Um Mitternacht geht es dann weiter, damit wir morgen in aller Herrgottsfrühe auf dem Feld der Wunder sind.«

Sie traten ins Wirtshaus und setzten sich alle drei an einen Tisch. Aber keiner von ihnen hatte Hunger. Der arme Kater litt an einer schweren Magenverstimmung und konnte deshalb nur fünfunddreißig Seebarben mit Tomatensoße und vier Portionen Kutteln mit Parmesan essen; und weil die Kutteln ihm nicht gut genug gewürzt waren, ließ er sich noch dreimal Butter und geriebenen Käse nachreichen.

Auch der Fuchs hätte sich gerne an ein paar Häppchen gütlich getan; aber da er vom Arzt strikt auf Schonkost gesetzt worden war, musste er sich mit einem süßsauer zubereiteten Hasen begnügen, sowie mit Masthühnern und Hähnchen als leicht bekömmlicher Beilage. Nach dem Hasen ließ er sich, um endlich Appetit zu bekommen, ein Ragout von Perlhühnern, Rebhühnern, Kaninchen, Fröschen, Eidechsen und Paradiestrauben auftischen. Und dann wollte er nichts mehr. Das Essen widere ihn derart an, sagte er, dass er keinen Bissen mehr vor den Mund brächte.

Pinocchio aß am wenigsten von allen. Er bestellte einen

Nusskern und ein Brotknäuschen, rührte aber nichts an. Der arme Junge, der in Gedanken ständig auf dem Feld der Wunder war, konnte schon jetzt die ganzen Goldstücke nicht verdauen.

Als sie gespeist hatten, sagte der Fuchs zum Wirt:

»Gebt uns zwei gute Zimmer, eins für den Herrn Pinocchio und ein anderes für mich und meinen Gefährten. Bevor wir weitermarschieren, wollen wir ein Nickerchen machen. Vergesst aber nicht, dass wir um Mitternacht geweckt werden wollen, um unsere Reise fortzusetzen.

»Ganz wie die Herrschaften wünschen«, antwortete der Wirt und zwinkerte dem Fuchs und dem Kater zu, als wolle er sagen: »Der Groschen ist bei mir gefallen. Wir haben uns gut verstanden.«

Kaum hatte sich Pinocchio ins Bett gelegt, schlief er auch schon ein und begann zu träumen. Und im Traum sah er sich mitten auf einem Feld, und dieses Feld war voller Bäumchen, die über und über mit Trauben vollhingen, und diese Trauben waren lauter Goldmünzen, die vom Winde geschaukelt ›kling, kling, kling‹ machten, als wollten sie sagen: »Wer uns haben will, soll uns pflücken.« Aber im schönsten Moment, als Pinocchio die Hand ausstreckte, um von all den schönen Münzen so viele zu pflücken, wie seine Hände und Taschen fassen konnten, wurde er jäh durch drei heftige Schläge gegen die Zimmertür aus dem Schlaf gerissen.

Der Wirt war gekommen, um ihm zu sagen, dass es Mitternacht geschlagen hatte.

»Sind meine Freunde schon reisefertig?«, fragte ihn Pinocchio.

»Und ob die reisefertig sind! Die sind schon vor zwei Stunden losgezogen.«

»Warum denn diese Eile?«

»Der Kater erhielt die Nachricht, dass sein Ältester wegen Frostbeulen an den Füßen in Lebensgefahr schwebe.«

»Und haben sie das Mahl beglichen?«

»Aber wohin denkt Ihr denn? Das sind viel zu wohlerzogene Leute, um sich Euer Hochwohlgeboren gegenüber eine solche Unhöflichkeit herauszunehmen.«

»Wie schade! Diese Unhöflichkeit wäre mir sehr willkommen gewesen«, sagte Pinocchio und kratzte sich am Kopf. Dann fragte er:

»Und wo wollten meine guten Freunde mich erwarten?«

»Auf dem Feld der Wunder, morgen früh bei Tagesanbruch.«

Pinocchio legte ein Goldstück hin für sein Essen und das seiner beiden Freunde und machte sich dann auf den Weg.

Aber man muss sagen, dass er nur tastend vorankam, denn draußen vor dem Wirtshaus war es dunkel, so dunkel, dass man nicht einmal die eigene Hand vor den Augen sehen konnte. Ringsum bewegte sich kein Blatt. Nur ein paar wüste Nachtvögel, die über die Straße von einer Hecke zur anderen flogen, schlugen mit ihren Flügeln an Pinocchios Nase, der vor lauter Angst zurücksprang und rief: »Wer da?«, und das Echo von den umliegenden Bergen wiederholte in der Ferne: »Wer da, wer da, wer da?«

Während er so dahinging, sah er auf einem Baumstumpf ein winziges Tierchen, das in dem fahlen und matten Licht wie eine Nachtlampe aus durchsichtigem Porzellan leuchtete.

»Wer bist du?«, fragte Pinocchio.

»Ich bin der Schatten der Sprechenden Grille«, antwortete das Tierchen mit einer ganz leisen Stimme, die klang, als käme sie aus dem Jenseits.

»Was willst du von mir?«, fragte der hölzerne Junge.

»Ich will dir einen Rat geben. Kehr um, und bring die vier Goldstücke, die du noch hast, deinem armen Vater, der weint und verzweifelt ist, weil er dich so lange nicht mehr gesehen hat.«

»Morgen wird mein Vater ein feiner Herr sein, denn aus diesen vier Goldmünzen sollen zweitausend werden.«

»Traue denen nicht, mein Kind, die dich im Handumdrehen

reich machen wollen. Gewöhnlich sind es Verrückte oder Betrüger. Hör auf mich und kehre um.«

»Ich will aber weitergehen.«

»Es ist schon spät!«

»Ich will weiter.«

»Es ist stockfinster!«

»Ich will weiter.«

»Der Weg ist gefährlich …«

»Ich will weiter.«

»Denk daran, dass Kinder, die nur ihrem Dickkopf gehorchen, es früher oder später bereuen müssen.«

»Die alte Leier! Gute Nacht, Grille.«

»Gute Nacht, Pinocchio, der Himmel möge dich vor Unbill und Mördern bewahren.«

Kaum hatte sie die Worte gesagt, verlosch die Grille wie eine Kerze, die man ausbläst. Und auf dem Weg war es noch dunkler als vorher.

XIV

Weil Pinocchio nicht auf die guten Ratschläge der Sprechenden Grille hörte, fällt er den Mördern in die Hände

»Wirklich«, dachte der hölzerne Junge bei sich, als er sich wieder auf den Weg machte, »wie sind wir armen Kinder doch zu bedauern! Alle schelten uns, alle ermahnen uns, alle erteilen uns Ratschläge. Wenn man sie reden ließe, würden sie sich alle in den Kopf setzen, unsere Väter und Lehrmeister zu sein: alle, auch die Sprechenden Grillen. Da haben wir es: Weil ich nicht auf die lästige Grille gehört habe, sollte mir nun weiß Gott wie viel Unglück zustoßen. Sogar unter Mörder sollte ich geraten! Zum Glück glaube ich nicht an die Mörder und habe auch nie daran geglaubt. Meiner Meinung nach sind die Mörder eigens von den Vätern erfunden worden, um den Kindern, die nachts hinauswollen, Angst zu machen. Und sollte ich ihnen tatsächlich hier auf der Straße begegnen, würde mir das vielleicht Angst einjagen? Nicht einmal im Traum! Ich würde ihnen ins Gesicht schreien: – Ihr Herren Mörder, was wollt ihr von mir? Dass ihr es nur wisst: Ich verstehe keinen Spaß. Macht euch aus dem Staub und keine Widerrede! – Nach einem so strengen Wörtchen würden die armen Mörder – mir ist, als sähe ich sie – schnell wie der Wind verduften. Sollten sie aber wirklich so taktlos sein und nicht verschwinden wollen, würde eben ich Reißaus nehmen, und die Angelegenheit wäre ein für alle Mal erledigt!«

Aber Pinocchio konnte seine Überlegungen gar nicht zu Ende bringen, denn in diesem Augenblick glaubte er, hinter sich ein ganz leichtes Rascheln in den Blättern zu hören.

Er drehte sich um und sah, wie im Dunkeln zwei düstere, in Kohlensäcken steckende Gestalten auf Zehenspitzen hinter ihm her waren, als wären es zwei Gespenster.

»Da sind sie tatsächlich!«, sagte er zu sich selbst, und weil er nicht wusste, wo er die vier Goldmünzen verstecken sollte, ließ er sie im Mund, genauer gesagt unter der Zunge, verschwinden.

Dann versuchte er zu entwischen. Aber er hatte noch nicht einmal den ersten Schritt getan, da spürte er, wie man ihn an den Armen packte, und er vernahm zwei fürchterliche, hohle Stimmen, die ihm zuriefen: »Geld oder Leben!«

Pinocchio, der nicht antworten konnte, weil er die Goldmünzen im Munde hatte, machte tausend Bücklinge und Verrenkungen, um den beiden Vermummten, von denen man lediglich die Augen durch zwei Schlitze in den Säcken sah, klarzumachen, dass er nur ein armer Holzjunge sei und nicht einmal einen falschen Zehner in seiner Tasche habe.

»Los, los! Keine Faxen und das Geld her!«, schrien die beiden Räuber mit drohender Stimme.

Und der hölzerne Junge machte mit dem Kopf und den Händen eine Bewegung, die sagen sollte: »Ich habe keines.«

»Her mit dem Geld, oder du bist tot«, sagte der größere der beiden Mörder.

»Tot!«, wiederholte der andere.

»Und wenn wir dich umgebracht haben, bringen wir auch noch deinen Vater um.«

»Deinen Vater um.«

»Nein, nein, nein, nicht meinen armen Vater!«, schrie Pinocchio verzweifelt; aber als er so schrie, klingelten die Goldmünzen in seinem Munde.

»Aha, du Spitzbube! Du hast also das Geld unter der Zunge versteckt? Spucke es sofort aus!«

Pinocchio stellte sich schwerhörig.

»So, du stellst dich taub? Pass auf, wie wir dich gleich zum Spucken bringen.«

Tatsächlich packte einer von ihnen den hölzernen Jungen an der Nasenspitze, der andere ergriff ihn am Kinn, und so begannen sie, grob an ihm herumzuzerren, um ihn zu zwingen, den Mund zu öffnen. Aber es war einfach unmöglich. Der Mund des hölzernen Jungen war wie zugenagelt und vernietet.

Da holte der kleinere Mörder ein furchtbares Messer hervor und versuchte, es ihm als eine Art Hebel und Meißel zwischen die Lippen zu stecken. Aber Pinocchio, der flink wie ein Hase war, packte seine Hand mit den Zähnen, biss sie ihm glatt ab und spuckte sie aus. Stellt euch seine Verwunderung vor, als er sah, dass er keine Hand, sondern eine Katzenpfote auf den Boden gespuckt hatte.

Mutig wie er nach diesem ersten Sieg geworden war, befreite er sich aus den Krallen der Mörder, sprang über die Hecke am Straßenrand und floh übers offene Feld. Und die Mörder rannten wie zwei Hunde hinter einem Hasen her, und der, dem eine Pfote fehlte, lief, man weiß nicht wie, nur auf einem Bein.

Nach einem Lauf von fünfzehn Kilometern konnte Pinocchio nicht mehr. Nun, da er sich verloren sah, kletterte er am Stamm einer hohen Pinie hoch und setzte sich auf die obersten Äste. Die Mörder versuchten gleichfalls hinaufzuklettern, aber auf halber Höhe rutschten sie ab, fielen wieder zu Boden und schürften sich Hände und Füße auf.

Aber sie gaben sich darum noch lange nicht geschlagen. Sie trugen ein Bündel trockenes Holz zusammen, legten es neben den Pinienstamm und zündeten es an. In Blitzesschnelle fing die Pinie Feuer und loderte wie eine Kerze im Wind. Pinocchio, der die Flammen immer höher steigen sah und nicht als gerösteter Pinienkern enden wollte, machte einen gewaltigen Sprung vom Gipfel des Baumes herunter und, nichts wie ab, rannte er wieder über Felder und durch Weinberge. Und die Mörder hinter ihm her, immer hinter ihm her, ohne zu erlahmen.

Inzwischen wurde es allmählich Tag, und die Verfolgungsjagd war noch immer im Gange. Da war Pinocchio plötzlich der Weg durch einen breiten und tiefen Graben versperrt, der mit schmutzigem, milchkaffeebraunem Wasser angefüllt war. Was tun?

»Eins, zwei, drei!«, rief Pinocchio und sprang nach einem gewaltigen Anlauf auf die andere Seite. Und die Mörder sprangen hinterdrein, hatten aber falsch Maß genommen und plumps! fielen sie mitten in den Graben. Pinocchio, der das Plumpsen und das Spritzen des Wassers hörte, rannte weiter und rief ihnen schadenfroh zu: »Angenehmes Bad, meine Herren Mörder!«

Und gerade, als er dachte, sie seien ganz und gar ersoffen, und sich noch einmal umdrehte, musste er feststellen, dass beide wieder hinter ihm her waren, immer noch in ihre Säcke gehüllt und triefend wie zwei Körbe ohne Boden.

XV

Die Mörder verfolgen Pinocchio, und als sie ihn eingeholt haben, hängen sie ihn an einen Ast der Großen Eiche

Nun verlor der hölzerne Junge den Mut und war drauf und dran, sich auf die Erde zu werfen und sich geschlagen zu geben. Doch als er die Augen umherschweifen ließ, sah er mitten durch das dunkle Grün der Bäume in der Ferne ein schneeweißes Häuschen schimmern.

»Wenn ich noch so viel Luft hätte, bis zu diesem Haus zu gelangen, wäre ich vielleicht gerettet«, sagte er sich.

Und ohne eine Minute zu zaudern, rannte er, was das Zeug hielt, weiter, immer die Mörder im Nacken.

Und nach einem fast zweistündigen, verzweifelten Lauf kam er endlich völlig außer Atem an der Tür des Hauses an und klopfte.

Niemand antwortete.

Er klopfte nochmals, diesmal heftiger, denn immer deutlicher hörte er die Schritte und den schweren, keuchenden Atem seiner Verfolger.

Drinnen blieb alles still.

Als er feststellen musste, dass das Klopfen nichts nützte, begann er, die Tür mit dem Kopf und den Füßen zu bearbeiten. Da erschien ein schönes Mädchen am Fenster: Es hatte blaues Haar und ein Gesicht, so weiß wie eine Figur aus Wachs, seine Augen waren geschlossen und seine Hände über der Brust gekreuzt. Ohne die geringste Bewegung der Lippen sagte es mit einem Stimmchen, das aus dem Jenseits zu kommen schien:

»In diesem Haus ist niemand. Alle sind tot.«

»Mach du mir wenigstens auf!«, flehte Pinocchio.

»Auch ich bin tot.«

»Tot? Und was tust du dann dort am Fenster?«

»Ich warte auf die Totenbahre, die mich wegbringen soll.« Kaum hatte das Mädchen diese Worte gesagt, verschwand es, und lautlos schloss sich das Fenster wieder.

»O schönes Mädchen mit dem blauen Haar«, rief Pinocchio, »mach mir um Gottes willen auf. Hab doch Mitleid mit einem armen Jungen, hinter dem die Mörder her s…«

Aber er konnte das Wort nicht zu Ende sprechen, denn er spürte, wie er am Kragen gepackt wurde, und die beiden entsetzlichen Stimmen, die er nur zu gut kannte, fauchten ihn drohend an:

»Jetzt entkommst du uns nicht mehr!«

Im Angesicht des Todes begann der hölzerne Junge so heftig zu zittern, dass vor lauter Zittern seine hölzernen Beingelenke klapperten und die vier Goldmünzen, die er unter der Zunge versteckt hielt, klingelten.

»Na«, fragten ihn die Mörder, »willst du den Mund aufmachen, ja oder nein? Ah, du antwortest nicht? – Na, dann warte mal, wir werden ihn dir dieses Mal schon aufmachen.«

Und sie zogen zwei fürchterlich lange Messer hervor, die wie Rasiermesser scharf gewetzt waren, und verpassten ihm, zack, zack, zwei Stiche in die Seiten.

Aber zum Glück war der hölzerne Junge aus härtestem Hartholz geschnitzt, darum zerbrachen die Klingen in tausend Splitter, und die Mörder hielten nur noch die Griffe in der Hand und schauten sich dumm an.

»Ich weiß schon«, sagte einer von ihnen, »man muss ihn aufhängen. Hängen wir ihn auf!«

»Hängen wir ihn auf!«, wiederholte der andere.

Gesagt, getan, sie banden ihm die Hände auf den Rücken, und nachdem sie ihm eine Schlinge um den Hals gelegt hatten, hängten sie ihn am Ast eines mächtigen Baumes auf, der die Große Eiche genannt wurde.

Dann setzten sie sich ins Gras und warteten darauf, dass der hölzerne Junge sich auszappeln würde. Aber nach drei Stunden hatte er immer noch die Augen auf und den Mund zu und strampelte wilder als zuvor.

Als sie schließlich das Warten satthatten, blickten sie zu Pinocchio hinauf und sagten höhnisch:

»Auf Wiedersehen bis morgen! Wenn wir morgen hierher zurückkommen, wirst du uns hoffentlich die Gunst erweisen, mit weit aufgesperrtem Mund mausetot zu sein.«

Darauf gingen sie fort.

Mittlerweile hatte sich ein stürmischer Nordwind erhoben, der voller Wut blies und heulte und den armen Aufgehängten wie den Klöppel einer Kirchenglocke, die zum Festtag läutet, heftig hin und her schlug. Dieses Hin-und-Her-Baumeln verursachte ihm schlimme Schmerzen, und die Schlinge zog sich immer fester um seinen Hals und schnürte ihm die Luft ab.

Allmählich wurden seine Augen trübe, doch obwohl er den Tod nahen fühlte, hoffte er immer noch, dass von einem Augenblick zum andern eine mitleidige Seele auftauchen würde, um ihm zu helfen. Aber als er so lange wartete und wartete und sah, dass niemand vorbeikam, keine Menschenseele, da musste er an seinen armen Vater denken –, und schon auf der Schwelle des Todes, stammelte er:

»Ach, mein lieber Vater! – Wenn du nur hier wärst!«

Er hatte keinen Atem mehr, um noch etwas zu sagen. Er schloss die Augen, öffnete den Mund, streckte die Beine und blieb nach einer letzten Zuckung wie erstarrt hängen.

XVI

Das schöne Mädchen mit dem blauen Haar lässt den hölzernen Jungen vom Baum herunterholen, legt ihn ins Bett und ruft drei Ärzte herbei, um zu erfahren, ob er lebendig oder tot sei

Gerade als der arme Pinocchio, den die Mörder an einem Ast der Großen Eiche aufgehängt hatten, mehr tot als lebendig war, erschien das schöne Mädchen mit dem blauen Haar wieder am Fenster. Beim Anblick des armen, am Halse Aufgehängten, den die Böen des Nordwindes im Kreise herumwirbelten, wurde ihr Herz weich, und sie klatschte dreimal leise in die Hände.

Auf dieses Zeichen vernahm man das gewaltige Flügelrauschen eines Vogels, der im Sturzflug herannahte, und schon saß ein mächtiger Falke auf dem Fensterbrett.

»Was befehlt Ihr, holde Fee?«, fragte der Falke und senkte zum Zeichen der Unterwürfigkeit seinen Schnabel. (Man muss nämlich wissen, dass das Mädchen mit dem blauen Haar niemand anderes war als eine gütige Fee, die seit mehr als tausend Jahren in der Nähe dieses Waldes lebte.)

»Siehst du den hölzernen Jungen, der dort an einem Ast der Großen Eiche hängt?«

»Ja, ich sehe ihn.«

»Gut, dann fliege sofort dorthin, zerhacke mit deinem starken Schnabel den Knoten, an dem er hängt, und lege ihn vorsichtig am Fuß der Eiche ins Gras nieder.«

Der Falke flog davon, kehrte nach zwei Minuten wieder zurück und sagte:

»Was Ihr befohlen habt, ist vollbracht.«

»Und in welchem Zustand fandest du ihn, lebendig oder tot?«

»Auf den ersten Blick schien er tot, aber er kann noch nicht ganz tot gewesen sein, denn kaum hatte ich ihm die Schlinge, die ihm die Kehle zuschnürte, gelöst, stieß er einen Seufzer aus und stammelte leise: ›Jetzt fühle ich mich wohler.‹«

Da klatschte die Fee zweimal leise in die Hände, und schon erschien ein prächtiger Pudel, der wie ein Mensch aufrecht auf den Hinterbeinen ging. Der Pudel trug eine festliche Kutscher-Livree. Auf dem Kopf hatte er einen kleinen goldbetressten Dreispitz, eine weiße Perücke mit Locken, die ihm bis zum Halse herunterhingen; er trug eine schokoladenbraune Jacke mit Knöpfen aus Brillanten und zwei großen Taschen, in denen er die Knochen, die ihm die Herrin bei Tisch schenkte, aufzubewahren pflegte, ferner hatte er kurze Hosen aus karmesinrotem Samt an, Seidenstrümpfe, Halbschühchen und hinten eine Art Schirmfutteral, ganz aus dunkelblauer Atlasseide, in das er bei Regen seinen Schwanz stecken konnte.

»Pass schön auf, Medoro«, sagte die Fee zum Pudel. »Lass sofort die schönste Karosse meines Marstalles anspannen und fahre zum Wald. Unter der Großen Eiche wirst du einen armen Holzjungen im Grase liegen finden. Heb ihn behutsam auf, lege ihn ganz sanft auf die Kissen in der Karosse und bring ihn zu mir. Hast du verstanden?«

Der Pudel wedelte zum Zeichen, dass er verstanden hatte, drei- oder viermal mit dem dunkelblauen Futteral aus Atlasseide, das er hinten trug, und sauste wie ein Araberhengst davon.

Wenig später sah man eine wunderschöne himmelblaue Karosse aus dem Marstall fahren, die ganz mit Kanarienvogelfedern gepolstert und innen mit Schlagsahne und Biskuitcreme ausgeschlagen war. Die Karosse wurde von hundert Gespannen kleiner weißer Mäuschen gezogen, und der Pudel, der auf dem Kutschbock saß, knallte mit der Peitsche nach rechts und links wie ein Kutscher, der fürchtet, zu spät zu kommen.

Es war noch keine Viertelstunde vergangen, als die Karosse zurückkam. Die Fee, die an der Haustüre wartete, nahm den armen Holzjungen auf den Arm und trug ihn in ein Kämmerlein mit Perlmuttwänden und ließ sogleich die berühmtesten Ärzte aus der Gegend rufen.

Und alsbald kamen die Ärzte, einer nach dem anderen: Das heißt, es erschienen ein Rabe, ein Käuzchen und eine Sprechende Grille.

»Ich möchte von den Herrschaften erfahren«, sagte die Fee und wandte sich an die drei Ärzte, die um Pinocchios Bett standen, »ich möchte von den Herrschaften erfahren, ob dieser unglückliche Holzjunge lebendig oder tot ist.«

Auf diese Aufforderung trat als Erster der Rabe vor und fühlte Pinocchio den Puls, dann die Nase und schließlich die kleine Zehe; und nachdem er gründlich gefühlt hatte, sagte er mit ernster Stimme die folgenden Worte:

»Meiner Meinung nach ist der hölzerne Junge mausetot; aber wenn er unglückseligerweise doch nicht tot sein sollte, wäre das ein sicheres Zeichen dafür, dass er noch lebt.«

»Ich bedauere«, sagte das Käuzchen, »dem Raben, meinem verehrten Freund und Kollegen, widersprechen zu müssen: Meiner Ansicht nach lebt der hölzerne Junge noch;

aber, wenn er unglückseligerweise doch nicht mehr leben sollte, dann wäre das ein sicheres Zeichen dafür, dass er wirklich tot ist.«

»Und Ihr sagt dazu gar nichts?«, fragte die Fee die Sprechende Grille.

»Ich sage, dass der kluge Arzt, wenn er nicht weiß, was er sagen soll, am besten den Mund hält. Im Übrigen ist mir dieser hölzerne Junge kein unbekanntes Gesicht, ich kenne ihn schon ein Weilchen.«

Pinocchio, der bis zu diesem Moment unbeweglich wie ein richtiges Stück Holz dagelegen hatte, bekam auf einmal eine Art Schüttelfrost, der das ganze Bett erbeben ließ.

»Dieser hölzerne Junge da«, fuhr die Sprechende Grille fort, »ist ein ausgemachter Spitzbube!«

Pinocchio machte die Augen auf und schloss sie sofort wieder.

»Er ist ein Lausbub, ein Faulpelz, ein Strolch ...«

Pinocchio versteckte sein Gesicht unter dem Leintuch.

»Dieser hölzerne Junge ist ein ganz ungehorsamer Sohn, der seinem armen Vater noch das Herz brechen wird.«

In diesem Augenblick vernahm man im Zimmer ein Schluchzen und Seufzen. Stellt euch vor, wie alle staunten, nachdem sie das Leintuch ein wenig zurückgeschlagen hatten und feststellen mussten, dass es Pinocchio war, der da weinte und schluchzte.

»Wenn ein Toter seufzt, so ist das ein Zeichen dafür, dass er auf dem Weg der Genesung ist«, sagte der Rabe mit ernster Stimme.

»Es tut mir leid, meinem verehrten Freund und Kollegen widersprechen zu müssen«, sagte das Käuzchen, »aber meiner Ansicht nach ist es so: Wenn ein Toter weint, ist das ein Zeichen dafür, dass er ungern stirbt.«

XVII

Pinocchio isst den Zucker, doch will er das Abführmittel nicht einnehmen. Als er aber die Totengräber sieht, die ihn wegtragen wollen, schluckt er es doch. Dann lügt er, und zur Strafe wird seine Nase noch länger

Kaum hatten die drei Ärzte das Zimmer verlassen, trat die Fee zu Pinocchio, legte ihre Hand auf seine Stirn und stellte fest, dass er von einem unsäglichen Fieber befallen war.

Darauf löste sie ein weißes Pulver in einem halben Glas Wasser auf, reichte es dem hölzernen Jungen und sagte liebevoll:

»Trink es, und in wenigen Tagen wirst du wieder gesund sein.«

Pinocchio betrachtete das Glas, verzog ein wenig den Mund und fragte dann mit weinerlicher Stimme:

»Schmeckt es süß oder bitter?«

»Bitter, aber es wird dir guttun.«

»Wenn es bitter schmeckt, will ich es nicht.«

»Hör auf mich und trink es.«

»Bitteres schmeckt mir nicht.«

»Trink es. Und wenn du es getrunken hast, gebe ich dir ein Stückchen Zucker, dann ist der bittere Geschmack weg.«

»Wo ist das Stückchen Zucker?«

»Hier ist es«, sagte die Fee und holte es aus einer goldenen Zuckerdose.

»Zuerst will ich das Stückchen Zucker, und dann trinke ich das widerliche, bittere Wasser.«

»Versprichst du es mir?«

»Ja.«

Die Fee gab ihm das Stückchen Zucker, und Pinocchio, der es im Nu zerknabbert und hinuntergeschluckt hatte, leckte sich die Lippen und sagte:

»Ach, wäre das schön, wenn auch der Zucker Medizin wäre! – Dann wollte ich jeden Tag ein Abführmittel nehmen.«

»Halte nun dein Versprechen und trink die paar Tröpfchen Wasser, die dich wieder gesund machen.«

Pinocchio nahm unwillig das Glas in die Hand, steckte die Nasenspitze hinein, führte es zum Mund, dann steckte er wieder die Nasenspitze hinein und sagte schließlich:

»Es ist zu bitter, viel zu bitter! Ich kann es nicht trinken.«

»Wie kannst du das behaupten, ohne es gekostet zu haben?«

»Ich kann es mir vorstellen! Ich rieche es doch. Zuerst will ich noch ein Stückchen Zucker –, dann will ich es trinken.«

Da schob ihm die Fee mit der Geduld einer guten Mutter noch ein Stückchen Zucker in den Mund und gab ihm erneut das Glas.

»So kann ich es nicht trinken«, sagte der hölzerne Junge und schnitt tausend Grimassen.

»Warum nicht?«

»Weil mich das Kissen da unten an den Füßen stört.«

Die Fee nahm das Kissen weg.

»Es nützt nichts! So kann ich es nicht trinken.«

»Was stört dich noch?«

»Die Zimmertür steht halb offen, das stört mich.«

Die Fee machte die Tür zu.

»Ich will«, schrie Pinocchio in Tränen ausbrechend, »dieses widerliche, bittere Wasser überhaupt nicht trinken, nein, nein, nein!«

»Mein lieber Junge, du wirst es bereuen.«

»Das ist mir egal.«

»Du bist sehr krank.«

»Das ist mir egal.«

»Das Fieber wird dich in wenigen Stunden ins Jenseits befördern.«

»Das ist mir egal.«

»Hast du keine Angst vor dem Tod?«

»Überhaupt keine! – Lieber sterben als diese grässliche Medizin trinken.«

In diesem Augenblick ging die Zimmertür auf, und vier Hasen, schwarz wie Tinte, traten ein und trugen auf ihren Schultern eine kleine Totenbahre.

»Was wollt ihr von mir?«, rief Pinocchio und richtete sich völlig verängstigt im Bett auf.

»Wir sind gekommen, um dich abzuholen«, antwortete der Größte von ihnen.

»Mich zu holen? – Aber ich bin doch noch nicht tot!«

»Noch nicht: Aber es bleiben dir nur noch wenige Minuten zu leben, weil du die Medizin nicht trinken wolltest, die dich von deinem Fieber geheilt hätte.«

»O meine Fee, o meine Fee«, schrie der hölzerne Junge mit durchdringender Stimme, »gebt mir sofort dieses Glas dort. Beeilt Euch, um Himmels willen, ich will doch nicht sterben, nein, ich will nicht sterben!«

Und er nahm das Glas mit beiden Händen und leerte es in einem Zug.

»Na, dann haben wir die Reise diesmal umsonst gemacht«, sagten die Hasen. Sie nahmen die kleine Bahre wieder auf die Schultern und gingen brummend und leise vor sich hinschimpfend aus dem Zimmer. Pinocchio sprang aber wenige Minuten später putzmunter aus dem Bett. Man muss nämlich wissen, dass die Holzpuppen den Vorzug haben, selten krank zu werden, und wenn schon, dann pflegen sie, ganz schnell wieder gesund zu werden.

Als die Fee sah, dass er übermütig wie ein junger Hahn im Zimmer herumrannte, sagte sie:

»Nun, hat dir also meine Medizin gutgetan?«

»Mehr als gut! Sie hat mir das Leben wiedergegeben.«

»Wie konntest du dich nur so oft bitten lassen, sie zu trinken?«

»Wir Kinder sind nun mal alle so. Wir haben mehr Angst vor der Medizin als vor der Krankheit.«

»Schäme dich! Die Kinder sollten wissen, dass eine gute Medizin, rechtzeitig eingenommen, sie vor schwerer Krankheit oder gar vor dem Tode retten kann.«

»Oh, ein andermal werde ich mich nicht mehr so lange bitten lassen. Die schwarzen Hasen mit der Bahre werde ich nicht vergessen –, dann nehme ich gleich das Glas in die Hand, und dann nichts wie runter damit!«

»Nun, komm einmal her zu mir und erzähle, wie du in die Hände der Mörder geraten bist.«

»Es kam so: Der Puppenspieler Feuerfresser gab mir ein paar Goldstücke und sagte: ›Da, bring sie deinem Vater‹, ich aber begegnete unterwegs einem Fuchs und einem Kater, zwei rechtschaffenen Leuten, die zu mir sagten: ›Willst du, dass aus den fünf Goldstücken tausend oder zweitausend werden? So komm mit uns, wir führen dich zum Feld der Wunder.‹ Und ich sagte: ›Lasst uns dorthin gehen.‹ Und sie sagten: ›Wir wollen hier im Gasthaus ›Zum Roten Krebs‹ Rast machen, und nach Mitternacht soll es weitergehen.‹ Als ich aber wieder aufwachte, waren sie nicht mehr da, weil sie schon weitergezogen waren. Darauf marschierte ich durch die Nacht, und es war so unbeschreiblich dunkel, dass ich unterwegs zwei Mördern begegnet bin, die in zwei Kohlesäcken steckten und die zu mir sagten: ›Her mit dem Geld!‹, und ich sagte: ›Ich habe keines‹; ich hatte doch die vier Goldstücke im Mund versteckt, und dann versuchte einer der Mörder, seine Hand in meinen Mund zu stecken, und ich habe ihm mit einem Biss die Hand abgebissen, und dann habe ich sie ausgespuckt. Aber statt einer Hand habe ich eine Katzenpfote ausgespuckt. Und die Mörder nichts als mir nach, und ich rannte was das Zeug hielt, bis sie mich erwischten und mich an einem Baum in diesem Wald aufhängten mit den Worten: ›Morgen kommen wir zurück, und da wirst du tot sein, und dein Mund offen stehen, und auf diese Weise holen wir uns die Goldstücke, die du unter der Zunge versteckt hältst.‹«

»Und wohin hast du nun die vier Goldstücke getan?«, fragte ihn die Fee.

»Ich habe sie verloren«, antwortete Pinocchio; aber er hatte gelogen, er hatte sie nämlich in seiner Tasche.

Kaum hatte er gelogen, da wurde seine Nase, die ja schon lang genug war, noch um zwei Finger länger.

»Und wo hast du sie verloren?«

»Im nahen Wald.«

Nach der zweiten Lüge wurde seine Nase noch länger.

»Wenn du sie im nahen Wald verloren hast«, sagte die Fee, »suchen wir sie und werden sie finden. Denn alles, was dort verloren geht, findet sich immer wieder.«

»Ach, jetzt erinnere ich mich genau«, sagte der hölzerne Junge betreten, »die vier Goldstücke habe ich gar nicht verloren, sondern ich habe sie, ohne es zu merken, verschluckt, als ich Eure Medizin trank.«

Bei dieser dritten Lüge wurde seine Nase so riesenlang, dass der arme Pinocchio sich nach keiner Seite mehr umdrehen konnte. Drehte er sich nach der einen Seite, stieß seine Nase gegen das Bett oder die Fensterscheiben, drehte er sich nach der anderen Seite, stieß sie gegen die Wände oder die Zimmertür, und hob er ein wenig den Kopf, hätte er sie der Fee fast ins Auge gestoßen.

Die Fee aber sah ihn an und lachte.

»Warum lacht Ihr?«, fragte der hölzerne Junge, völlig verstört und besorgt wegen seiner Nase, die zusehends länger wurde.

»Ich lache über deine Lüge.«

»Woher wisst Ihr denn, dass ich gelogen habe?«

»Lügen, mein Junge, erkennt man sofort; es gibt nämlich zweierlei Lügen: Es gibt solche, die kurze Beine haben, und solche, die eine lange Nase haben. Deine gehören eben zu denen, die eine lange Nase haben.«

Pinocchio, der vor lauter Scham nicht wusste, wo er sich verstecken sollte, versuchte aus dem Zimmer zu entwischen. Aber es gelang ihm nicht. Seine Nase war so lang geworden, dass sie nicht einmal mehr durch die Tür ging.

XVIII

Pinocchio trifft den Fuchs und den Kater wieder und macht sich mit ihnen auf, die vier Goldstücke auf dem Feld der Wunder zu säen

Wie ihr euch vorstellen könnt, ließ die Fee den hölzernen Jungen erst einmal eine halbe Stunde wegen seiner Nase, die nicht mehr durch die Tür ging, weinen und wehklagen. Und sie tat dies, um ihm eine strenge Lektion zu erteilen, damit er von seinem schlimmen Laster, dem Lügen, loskäme; denn die Lüge ist die schlimmste Unart, die ein Junge haben kann. Als sie aber sah, wie entstellt er war und wie ihm die Augen vor lauter Verzweiflung aus dem Kopf traten, da wurde sie von Mitleid ergriffen; sie klatschte in die Hände, und auf dieses Zeichen flogen tausend große Vögel, Spechte genannt, durch das Fenster ins Zimmer, die sich alle auf Pinocchios Nase setzten und so sehr auf ihr herumpickten, dass die riesige und unförmige Nase in wenigen Minuten wieder ihre natürliche Länge erhalten hatte.

»Wie gut Ihr zu mir seid, liebe Fee«, sagte der hölzerne Junge und wischte sich die Tränen aus den Augen, »ich habe Euch ja so lieb!«

»Auch ich habe dich lieb«, antwortete die Fee, »und wenn du bei mir bleiben willst, wirst du mein kleines Brüderchen, und ich werde dein gutes Schwesterchen.«

»Ich würde ja so gern bei dir bleiben –, aber was wird aus meinem armen Vater?«

»Ich habe an alles gedacht. Dein Vater weiß schon Bescheid und wird noch vor Anbruch der Dunkelheit hier sein.«

»Wirklich?«, rief Pinocchio und hüpfte vor Freude.

»Dann, meine liebe Fee, wenn es Euch recht ist, möchte ich ihm entgegenlaufen. Ich kann es nicht erwarten, bis ich diesem armen alten Mann, der meinetwegen so viel durchgemacht hat, einen Kuss geben kann.«

»Geh nur, aber pass auf, dass du dich nicht verirrst. Nimm den Weg durch den Wald, ich bin sicher, dass du ihn dann triffst.«

Pinocchio zog los, und kaum war er im Wald, begann er wie ein Rehböcklein zu springen. Aber als er an einer gewissen Stelle angekommen war, ungefähr gegenüber der Großen Eiche, blieb er stehen, denn ihm war, als habe er im Gebüsch Leute gehört. Und wen sah er da plötzlich vor sich auf der Straße, na, ratet mal. Es waren der Fuchs und der Kater, seine beiden Weggefährten, mit denen er im Gasthaus ›Zum Roten Krebs‹ zu Abend gegessen hatte.

»Da ist ja unser lieber Pinocchio!«, rief der Fuchs und umarmte und küsste ihn. »Wie bist denn du hierhergelangt?«

»Wie bist denn du hierhergelangt?«, wiederholte der Kater.

»Das ist eine lange Geschichte«, sagte der hölzerne Junge, »und ich will sie auch bei Gelegenheit erzählen. Wisst aber, dass ich gestern Nacht, nachdem ihr mich allein im Wirtshaus zurückgelassen, auf der Straße den Mördern in die Hände gefallen bin.«

»Den Mördern? – Oh, armer Freund! Und was wollten sie?«

»Sie wollten mir die Goldstücke rauben.«

»Was für eine Niedertracht!«, sagte der Fuchs.

»Was für eine gemeine Niedertracht!«, wiederholte der Kater.

»Ich aber bin davongerannt«, fuhr der hölzerne Junge fort, »und sie immer hinter mir her, bis sie mich schnappten und an einen Ast dieser Eiche hängten.«

Und Pinocchio deutete auf die Große Eiche, die zwei Meter vor ihnen stand.

»Kann man Niederträchtigeres vernehmen?«, sagte der Fuchs. »In was für einer Welt müssen wir leben! Wo können wir Ehrenmänner uns noch sicher fühlen?«

Während sie so sprachen, bemerkte Pinocchio, dass der Kater mit der rechten Vorderpfote hinkte, weil ihm unten die ganze Pfote mitsamt den Krallen fehlte. Er fragte darum:

»Was hast du mit deiner Pfote gemacht?«

Der Kater wollte irgendetwas antworten, aber er verhaspelte sich. Da sagte der Fuchs schnell:

»Mein Freund ist viel zu bescheiden und sagt deshalb nichts. Ich will an seiner Stelle antworten. So wisse denn, dass wir vor einer Stunde auf der Straße einen alten Wolf getroffen haben, der vor Hunger einer Ohnmacht nahe war und der uns um ein Almosen anging. Und weil wir ihm nicht einmal eine Fischgräte geben konnten, was machte da mein Freund, der ein wahrhaft edelmütiges Herz hat? Er biss sich mit den Zähnen eine Vorderpfote ab und warf sie diesem armen Tier hin, damit es seinen Hunger stillen konnte.«

Und während der Fuchs so sprach, wischte er sich eine Träne ab.

Pinocchio war ebenfalls gerührt, er ging auf den Kater zu und flüsterte ihm in die Ohren:

»Wären alle Katzen wie du, o glückliche Mäuse!«

»Was machst du nun in dieser Gegend?«, fragte der Fuchs den hölzernen Jungen.

»Ich warte auf meinen Vater, der jeden Augenblick hier sein muss.«

»Und deine Goldmünzen?«

»Die habe ich immer noch in der Tasche, bis auf eine, die ich im Wirtshaus ›Zum Roten Krebs‹ ausgegeben habe.«

»Wenn man daran denkt, dass aus den Münzen morgen tausend oder zweitausend geworden sein könnten! Warum hörst du nicht auf meinen Rat? Warum säst du sie nicht auf dem Feld der Wunder?«

»Heute geht es nicht, wir gehen ein andermal dorthin.«

»Ein andermal wird es zu spät sein«, sagte der Fuchs.

»Warum?«

»Weil dieses Feld von einem reichen Herrn gekauft wurde und weil von morgen ab niemand mehr dort Münzen säen darf.«

»Wie weit ist es denn von hier bis zum Feld der Wunder?«

»Knapp zwei Kilometer. Willst du mit uns kommen? In einer halben Stunde bist du dort: Du säst schnell deine vier Münzen, und nach wenigen Minuten erntest du zweitausend Stück, und heute Abend kehrst du mit vollen Taschen zurück. Willst du mit uns gehen?«

Pinocchio zögerte ein wenig mit seiner Antwort, weil er an die gute Fee, den alten Geppetto und die Warnungen der Sprechenden Grille denken musste. Aber schließlich tat er, was alle Kinder tun, die keinen Funken Verstand und kein Herz haben. Er nickte mit dem Kopf und sagte zum Fuchs und zum Kater:

»Also gehen wir, ich komme mit.«

Und sie machten sich auf den Weg.

Nachdem sie einen halben Tag marschiert waren, kamen sie in eine Stadt, die Dummenfang hieß. Gleich als sie in der Stadt waren, sah Pinocchio, dass die Straßen bevölkert waren von räudigen Hunden, die vor Hunger gähnten, geschorenen Schafen, die vor Kälte zitterten, Hühnern ohne Kamm und Kehllappen, die um ein Maiskorn bettelten, großen Schmetterlingen, die nicht mehr fliegen konnten, weil sie ihre farbenprächtigen Flügel verkauft hatten, und Fasanen, die kleinlaut umhertrippelten, weil sie ihre leuchtenden Gold- und Silberfedern für immer verloren hatten.

Dann und wann fuhr mitten durch diese Schar von Bettlern und sich vor Scham verkriechenden Armen eine herrschaftliche Karosse, in der ein Fuchs, eine diebische Elster oder irgendein wüster Raubvogel saßen.

»Und wo ist das Feld der Wunder?«, fragte Pinocchio.

»Es ist nur zwei Schritte von hier.«

Gesagt, getan, sie durchquerten die Stadt, und als sie die Stadtmauer hinter sich hatten, blieben sie auf einem einsamen Feld stehen, das genau so aussah wie alle anderen Felder auch.

»Da wären wir also«, sagte der Fuchs zum hölzernen Jungen. »Nun bücke dich und mache mit den Händen ein kleines Loch in den Boden und lege die Goldstücke hinein.«

Pinocchio gehorchte: Er machte das Loch, legte die vier Goldmünzen, die ihm verblieben waren, hinein und bedeckte das Loch mit ein bisschen Erde.

»Jetzt«, sagte der Fuchs, »geh zum Wassergraben dort, hole einen Eimer Wasser, und begieße die Stelle, wo du gesät hast.«

Pinocchio ging zum Wassergraben, und weil gerade kein Eimer zur Hand war, zog er einen Holzschuh aus, füllte ihn mit Wasser und begoss die Erde über dem Loch. Dann fragte er:

»Muss ich noch etwas machen?«

»Sonst nichts«, antwortete der Fuchs. »Jetzt können wir weggehen. Komm nach zwanzig Minuten zurück, und dann wirst du ein schon aus der Erde emporgewachsenes Bäumchen finden, dessen Äste voller Goldstücke hängen.«

Der arme hölzerne Junge war ganz außer sich vor Freude, bedankte sich tausendmal beim Fuchs und beim Kater und versprach ihnen ein prächtiges Geschenk.

»Wir wollen keine Geschenke«, antworteten die beiden Schurken. »Uns genügt es, dich gelehrt zu haben, wie man ohne Mühe reich wird, und sind restlos glücklich.«

Darauf verabschiedeten sie sich von Pinocchio, wünschten ihm eine gute Ernte und zogen ihres Weges.

XIX

Pinocchio wird seiner Goldstücke beraubt und muss dafür zur Strafe vier Monate ins Gefängnis

Der hölzerne Junge kehrte in die Stadt zurück und begann, die Minuten zu zählen, eine um die andere, und als er dachte, es sei an der Zeit, machte er sich schnell wieder auf den Weg zum Feld der Wunder. Und während er eilig lief, klopfte sein Herz so laut und machte tick-tack, tick-tack, tick-tack wie eine Wanduhr, wenn sie einmal wirklich geht. Und dabei dachte er bei sich:

»Wenn ich statt der tausend Goldstücke zweitausend an den Zweigen meines Bäumchens fände? – Oder statt der zweitausend fünftausend? – Oder statt der fünftausend hunderttausend? Oh, was für ein vornehmer Herr würde dann aus mir werden! Ich hätte dann gerne ein schönes Schloss und zum Spielen hölzerne Pferdchen und tausend Marställe, dann einen Keller mit roten und grünen Likören und einen Schrank voll kandierter Früchte, Torten, Kuchen, Mandelgebäck und Waffeln mit Schlagsahne.«

Mit solchen Wunschträumen im Kopf gelangte er in die Nähe des Feldes; er blieb stehen um zu sehen, ob er nicht schon ein Bäumchen mit Zweigen voller Goldstücke ausmachen könnte, sah aber nichts. Er ging noch hundert Schritte weiter – nichts. Er betrat das Feld und ging schnurstracks auf das kleine Loch zu, in dem er seine Goldmünzen vergraben hatte – aber nichts. Da wurde er nachdenklich und, alle Regeln guten Benehmens missachtend, zog er eine Hand aus der Hosentasche und kratzte sich ausgiebig am Kopf.

In diesem Augenblick drang ein lautes Gelächter an sein Ohr, er blickte auf und sah auf einem Baum einen fetten Papagei, der sich die wenigen Federn, die er noch hatte, lauste.

»Was lachst du?«, fragte ihn Pinocchio zornig.

»Ich lache, weil ich mich beim Lausen unter den Flügeln gekitzelt habe.«

Der hölzerne Junge sagte nichts. Er ging zum Wassergraben, füllte wiederum seinen Holzschuh mit Wasser und wollte aufs Neue die Erde begießen, unter der die Goldmünzen lagen.

Da hörte man in der stillen Einsamkeit des Feldes wieder ein Lachen, aber noch frecher als das erste.

»Du ungezogener Papagei«, rief Pinocchio wutentbrannt, »darf man erfahren, warum du lachst?«

»Ich lache über diese Einfaltspinsel, die jeden Unsinn für bare Münze halten und sich von jedem, der ein noch größeres Schlitzohr ist als sie, übers Ohr hauen lassen.«

»Redest du etwa von mir?«

»Ja, von dir, armer Pinocchio; du hast ja so wenig Grütze im Hirn, dass du glaubst, man könne auf den Feldern Geld säen und ernten wie Bohnen oder Kürbisse. Auch ich habe das einmal geglaubt, und heute muss ich es büßen. Jetzt (viel zu spät!) habe ich mich überzeugt, dass man, um auf ehrliche Weise ein wenig Geld zusammenzukratzen, es mit den eigenen Händen oder mit dem eigenen Verstand verdienen muss.«

»Ich verstehe dich nicht«, sagte der hölzerne Junge und begann vor lauter Angst schon zu zittern.

»Nun, dann will ich etwas deutlicher werden«, sagte der Papagei. »Also, während du in der Stadt warst, sind der Fuchs und der Kater auf dieses Feld zurückgekehrt und haben die vergrabenen Goldmünzen herausgeholt und sich dann in Windeseile aus dem Staub gemacht. Wer sie jetzt noch einholt, ist ein Mordskerl.«

Pinocchio blieb der Mund offenstehen, und da er den Worten des Papageis nicht glauben konnte, fing er an, mit den Fingern und den Fingernägeln in der Erde, die er begossen hatte, zu graben. Und er grub und grub und grub und machte ein so tiefes Loch, dass man einen ganzen Strohballen hätte hineintun können. Aber die Goldmünzen waren nicht mehr da.

Da rannte er, von Verzweiflung gepackt, in die Stadt zurück, schnurstracks ins Gericht, um beim Richter die beiden Schurken anzuzeigen, die ihn beraubt hatten. Der Richter war ein riesiger Affe aus der Sippe der Gorillas, ein alter Affe, ehrwürdig aufgrund seines hohen Alters, seines weißen Bartes und insbesondere seiner glaslosen Goldbrille, die er immer tragen musste wegen seiner triefenden Augen, die ihm schon seit einigen Jahren zu schaffen machten.

Vor dem Richter erzählte Pinocchio haargenau den üblen Betrug, dessen Opfer er geworden war, gab Vor- und Zunamen und besondere Merkmale der Schurken an und bat schließlich um Gerechtigkeit.

Der Richter hörte ihm sehr wohlwollend zu, nahm lebhaftesten Anteil an der Schilderung, zeigte Rührung und Bewegung, und als der hölzerne Junge nichts mehr zu sagen hatte, streckte er die Hand aus und läutete mit der Glocke.

Auf dieses Klingelzeichen hin erschienen zwei als Polizisten gekleidete Fleischerhunde.

Da sagte der Richter zu ihnen, indem er auf Pinocchio deutete:

»Dieser arme Teufel wurde um vier Goldstücke beraubt: Ergreift ihn deshalb und werft ihn sofort ins Gefängnis.«

Als der hölzerne Junge wie aus heiterem Himmel dieses Urteil hörte, war er völlig verdutzt und wollte protestieren. Aber um nicht unnötig Zeit zu verlieren, stopften ihm die Polizisten den Mund und brachten ihn hinter Schloss und Riegel.

Und dort musste er vier Monate zubringen, vier lange Monde. Und er wäre dort noch länger geblieben, wäre nicht ein glücklicher Umstand eingetreten. Man muss nämlich wissen, dass der junge Herrscher, der die Stadt Dummenfang regierte, einen großen Sieg über seine Feinde errungen und aus diesem Grunde große öffentliche Siegesfeiern, wie festliche Beleuchtungen, Feuerwerk, Pferde- und Radrennen angeordnet hatte. Und es sollten als Zeichen höchster Freude die Gefängnistore geöffnet und alle Übeltäter freigelassen werden.

»Wenn alle anderen aus dem Gefängnis dürfen, möchte auch ich freigelassen werden«, sagte Pinocchio zum Gefängniswärter.

»Ihr nicht«, sagte der Gefängniswärter, »Ihr gehört nicht zu den Glücklichen.«

»Ich bitte um Verzeihung«, erwiderte Pinocchio, »auch ich bin ein Übeltäter.«

»In dem Fall habt Ihr tausendfach recht«, sagte der Gefängniswärter und zog ehrerbietig die Mütze, grüßte, öffnete ihm das Gefängnistor und ließ ihn laufen.

XX

Aus dem Gefängnis entlassen, macht er sich wieder zum Haus der Fee auf. Aber unterwegs begegnet er einer grässlichen Schlange und gerät dann in ein Fangeisen

Stellt euch die Freude Pinocchios vor, als er sich wieder frei fühlen konnte. Schnurstracks verließ er sogleich die Stadt und schlug die Straße ein, die ihn zum Häuschen der Fee führen sollte.

Das regnerische Wetter hatte die Straße in einen richtigen Sumpf verwandelt, in den man bis zum Knie einsank. Aber den hölzernen Jungen störte das überhaupt nicht. Voller Sehnsucht, seinen Vater und sein Schwesterchen mit dem blauen Haar wiederzusehen, sprang er wie ein Windhund, und im Lauf spritzte ihm der Schlamm bis an die Mütze hoch. Dabei sprach er vor sich hin:

»Wie viel Missgeschick ist mir widerfahren! – Aber es geschieht mir recht, weil ich ein starrköpfiger und trotziger hölzerner Junge bin –, und immer will ich mit dem Kopf durch die Wand, ohne auf Leute zu hören, die es gut mit mir meinen und tausendmal mehr Grips im Kopf haben als ich –, aber von jetzt an nehme ich mir vor, mein Leben zu ändern und ein anständiger und folgsamer Junge zu werden. So oft habe ich am eigenen Leib erfahren müssen, dass ungezogene Kinder stets Federn lassen müssen und ihnen gar nichts gelingt. – Ob mein Vater auf mich gewartet hat? Ob ich ihn im

Haus der Fee treffe? Wie lange habe ich den armen Mann nicht mehr gesehen, und ich sehne mich so danach, ihn immerzu zu streicheln und zu küssen. – Und ob die Fee mir verzeiht, was ich ihr angetan habe? – Wenn ich bedenke, wie nett sie zu mir war und wie liebevoll sie mich gepflegt hat, und wenn ich bedenke, dass ich es nur ihr zu verdanken habe, dass ich noch lebe! – Gibt es denn ein undankbareres und herzloseres Kind als mich?«

Als er so sprach, blieb er plötzlich vor Schreck stehen und wich vier Schritte zurück.

Was hatte er gesehen?

Er hatte eine Riesenschlange entdeckt, die quer über der Straße lag. Sie hatte eine grüne Haut, Augen wie Feuer und einen spitzen Schwanz, aus dem es wie aus einem Kamin rauchte.

Man kann sich die Angst des hölzernen Jungen nicht vorstellen. Er rannte mehr als einen halben Kilometer zurück, hockte sich auf einen Steinhaufen und wartete darauf, dass die Schlange endlich ihres Weges gehen und so die Straße wieder frei machen würde.

Er wartete eine Stunde, zwei Stunden, drei Stunden. Aber die Schlange lag immer noch da, und selbst von Weitem konnte man die Feuersglut ihrer Augen und die Rauchsäule, die aus ihrer Schwanzspitze aufstieg, erkennen.

Da fasste sich Pinocchio ein Herz, näherte sich ihr bis auf ein paar Schritte und säuselte mit leiser, einschmeichelnder Stimme der Schlange zu:

»Verzeiht, Frau Schlange, hättet Ihr die Güte und würdet ein wenig zur Seite gehen, damit ich vorbeigehen kann?«

Es war, als hätte er gegen eine Wand gesprochen, nichts rührte sich.

Da sprach er nochmals mit dem gleichen Stimmchen:

»Wisst Ihr, Frau Schlange, ich möchte nämlich nach Hause, dort wartet mein Vater auf mich, den ich so lange nicht mehr gesehen habe. – Gestattet Ihr also, dass ich meinen Weg fortsetze?«

Er wartete auf ein Zeichen der Antwort auf seine Frage, aber es kam keine Antwort. Vielmehr lag die Schlange, die zuvor so quicklebendig gewesen war, plötzlich unbeweglich und wie erstarrt da. Sie hatte die Augen zugemacht, und aus dem Schwanz kam kein Rauch mehr.

»Sollte sie wirklich tot sein?«, fragte sich Pinocchio und rieb sich zufrieden die Hände. Und ohne zu zögern machte er sich daran, über sie zu steigen, um so auf die andere Straßenseite zu gelangen. Aber er hatte sein Bein noch nicht richtig gehoben, da schnellte plötzlich die Schlange wie eine Sprungfeder hoch, und der hölzerne Junge, der vor Entsetzen zurückwich, stolperte und fiel zu Boden.

Und er stürzte so unglücklich, dass sein Kopf im Straßenschlamm stecken blieb und seine Beine kerzengerade nach oben standen.

Beim Anblick des hölzernen Jungen, der mit dem Kopf im Schlamm steckte und wie wild mit den Beinen in der Luft zappelte, bekam die Schlange einen Lachkrampf, sie lachte und lachte und lachte, dass ihr vor lauter Lachen eine Ader in der Brust platzte. Und diesmal starb sie tatsächlich.

Da rannte Pinocchio weiter, um noch vor Dunkelheit zum Häuschen der Fee zu gelangen. Aber unterwegs überfiel ihn ein solcher Heißhunger, dass er in einen Weinberg sprang, um ein paar Muskatellertrauben zu pflücken. Hätte er es nie getan!

Kaum stand er unter dem Weinstock, klack, spürte er, wie zwei scharfe Eisen seine Beine zusammenpressten, so dass er alle Sternchen am Himmel sah.

Der arme hölzerne Junge war in ein Fangeisen geraten, das Bauern dort ausgelegt hatten, um ein paar Steinmarder zu erwischen, die der Schrecken aller Hühnerställe im Umkreis waren.

XXI

Pinocchio wird von einem Bauern gefasst, der ihn zwingt, den Wachhund vor einem Hühnerstall zu spielen

Wie ihr euch vorstellen könnt, begann Pinocchio zu weinen, zu schreien und zu flehen: Aber seine Tränen und sein Wehklagen waren umsonst, denn im weiten Umkreis gab es keine Häuser, und auf der Straße sah man keine Menschenseele vorübergehen.

Unterdessen wurde es Nacht.

Vor lauter Schmerz, den ihm das an seinen Schienbeinen sägende Fangeisen verursachte, und vor lauter Angst, ganz allein auf weiter Flur in stockfinsterer Nacht zu sein, wurde dem hölzernen Jungen allmählich schwarz vor Augen. Da sah er plötzlich, wie ein Glühwürmchen über seinen Kopf hinwegflog. Er rief ihm zu:

»Ach, liebes Glühwürmchen, würdest du mir den Dienst erweisen, mich aus meiner qualvollen Lage zu befreien?«

»Armer Junge!«, antwortete das Glühwürmchen, hielt im Flug inne, denn es wurde von Mitleid ergriffen, als es ihn so sah. »Wie bist du denn mit deinen Beinen zwischen diese scharfen Eisen geraten?«

»Ich bin in den Weinberg gegangen, um mir zwei Beerchen von diesen Muskatellertrauben zu pflücken, und …«

»Aber waren das deine Trauben?«

»Nein …«

»Und wer hat dich gelehrt, dass man sich am Eigentum anderer vergreifen darf?«

»Ich hatte Hunger …«

»Der Hunger, mein liebes Kind, ist kein Grund, sich Dinge anzueignen, die einem nicht gehören.«

»Du hast recht, du hast recht!«, schluchzte Pinocchio. »Ich werde es nie mehr tun.«

Da wurde das Gespräch plötzlich durch ein leises Geräusch von Schritten, die näher kamen, unterbrochen. Es war der Besitzer des Weinbergs, der auf leisen Sohlen heranschlich, um nachzusehen, ob nicht einer der Steinmarder, die ihm nachts die Hühner wegfraßen, in die Falle gegangen war.

Er staunte nicht schlecht, nachdem er eine Laterne unter seinem Mantel hervorgeholt hatte und feststellen musste, dass statt eines Marders ein Junge in die Falle geraten war.

»Aha, du elender Dieb!«, rief der Bauer wütend. »Also du stiehlst mir die Hühner?«

»Ich nicht, ich nicht!«, schluchzte Pinocchio. »Ich bin in den Weinberg gegangen, um mir nur zwei Träublein zu holen.«

»Wer Trauben klaut, stiehlt auch Hühner. Ich will dir eine Lehre erteilen, die du nicht so schnell vergisst.«

Er öffnete das Fangeisen, packte den hölzernen Jungen am Schlafittchen und trug ihn wie ein Milchlämmchen nach Hause.

An der Tenne vor seinem Haus angekommen, warf er ihn zu Boden, setzte ihm einen Fuß auf den Kragen und sagte:

»Es ist schon spät, und ich will ins Bett gehen. Unsere Abrechnung verschieben wir auf morgen. Da mir heute der Hund, der nachts das Haus hütete, gestorben ist, sollst du seinen Posten einnehmen. Du sollst mein Wachhund sein.«

Gesagt, getan. Er legte ihm ein schweres, mit Messingdornen versehenes Halsband an und zog es so fest, dass er mit dem Kopf nicht mehr hindurchschlüpfen konnte. Am Halsband hing eine lange Eisenkette, die an der Mauer befestigt war.

»Wenn es heute Nacht regnen sollte«, sagte der Bauer, »kannst du dich in die Hundehütte legen. Dort ist immer noch das Stroh, das meinem armen Hund vier Jahre lang als Lager gedient hat. Und wenn zum Unglück die Diebe aufkreuzen sollten, dann vergiss ja nicht, die Ohren zu spitzen und zu bellen!«

Nach dieser letzten Warnung ging der Bauer ins Haus und verschloss mit schweren Ketten die Tür hinter sich. Und der arme Pinocchio kauerte sich, mehr tot als lebendig, auf der Tenne zusammen vor lauter Kälte, Hunger und Angst. Und von Zeit zu Zeit zwängte er die Hände unter das Halsband, das ihm die Kehle zuschnürte, und sagte weinend:

»Das geschieht mir recht! Das geschieht mir leider recht! Ich wollte den Taugenichts, den Herumtreiber spielen. Ich habe auf schlechte Kameraden gehört, und darum verfolgt mich ständig das Unglück. Wäre ich ein anständiger Junge gewesen, wie es deren viele gibt, hätte ich den Willen zum Lernen und Arbeiten gehabt, wäre ich zu Hause bei meinem lieben Vater geblieben, dann müsste ich jetzt nicht hier, mitten auf den Feldern, auf dem Hof eines Bauern, den Wachhund spielen. Ach, wenn ich nochmals auf die Welt käme! – Aber jetzt ist es zu spät, da hilft kein Klagen mehr.«

Nach diesem kleinen Gefühlsausbruch verkroch er sich in die Hütte und schlief ein.

XXII

Pinocchio entdeckt die Diebe und erhält zur Belohnung für seine treuen Dienste die Freiheit wieder

Pinocchio lag schon mehr als zwei Stunden in süßem Schlummer, als er gegen Mitternacht durch ein Flüstern und ein »Pst-pst« seltsamer Stimmchen geweckt wurde, die er auf der Tenne zu hören glaubte. Er steckte die Nasenspitze aus der Hundehütte und sah vier Tierchen mit dunklem Fell, die miteinander zu Rate saßen. Sie sahen wie Katzen aus, waren aber keine, sondern Steinmarder; das sind kleine, fleischfressende Tiere, die ganz verrückt auf Eier und junge Hühner sind. Einer der Marder trennte sich von seinen Gefährten, ging zur Öffnung der Hundehütte und flüsterte:

»Guten Abend, Melampo.«

»Ich heiße nicht Melampo«, antwortete der hölzerne Junge.

»Oh, wer bist du denn?«

»Ich heiße Pinocchio.«

»Und was machst du hier?«

»Ich mache den Wachhund.«

»Und wo ist Melampo? Wo ist der alte Hund, der in dieser Hütte wohnte?«

»Er ist heute Morgen gestorben.«

»Gestorben? Armes Tier! Er war so gut! – Aber wenn ich dich so betrachte, scheinst du mir auch ein rechtschaffener Hund zu sein.«

»Entschuldigung, ich bin aber kein Hund.«

»Nun, wer bist du denn?«

»Ich bin ein hölzerner Junge.«

»Und du spielst den Wachhund?«

»Leider. Zur Strafe nämlich.«

»Nun gut, ich schlage dir den gleichen Pakt vor, den ich mit dem verstorbenen Melampo geschlossen hatte; und du wirst damit zufrieden sein.«

»Und was für ein Pakt wäre das?«

»Wir kommen, wie bisher, einmal die Woche, um den Hühnerstall aufzusuchen, und nehmen acht Hühner mit. Sieben essen wir, und eins geben wir dir, vorausgesetzt, du stellst dich schlafend und kommst nicht auf den Gedanken, zu bellen und den Bauern zu wecken.«

»Und Melampo machte es wirklich so?«, fragte Pinocchio.

»Genau so. Zwischen uns und ihm herrschte immer Einigkeit. Schlaf nun ruhig weiter und verlass dich drauf, dass wir dir, bevor wir weggehen, ein schönes, säuberlich gerupftes Huhn zum Frühstück vor die Hütte legen. Haben wir uns verstanden?«

»Nur zu gut!«, antwortete Pinocchio und schüttelte dabei drohend den Kopf, als wollte er sagen: »Wir sprechen uns gleich wieder!«

Als sich die vier Marder ihrer Sache sicher glaubten, marschierten sie schnurstracks zum Hühnerstall, der ganz in der Nähe der Hundehütte stand. Mit Zähnen und Klauen öffneten sie die kleine Holztür, die den Zutritt versperrte, und schlüpften einer nach dem anderen hinein. Kaum waren sie drinnen, hörten sie, wie die Tür laut hinter ihnen zugeschlagen wurde.

Der sie wieder zugeschlagen hatte, war Pinocchio. Und nicht zufrieden damit, wälzte er zur Sicherheit noch einen schweren Stein davor.

Und dann fing er an zu bellen, und er bellte wie ein Wachhund und machte:

»Wau – wau – wau!«

Auf dieses Bellen sprang der Bauer mit einem Satz aus dem Bett, griff zur Flinte, trat ans Fenster und fragte:

»Was ist los?«

»Die Diebe sind da!«, antwortete Pinocchio.

»Wo sind sie?«

»Im Hühnerstall.«

»Ich komme sofort herunter.«

Und wirklich, schneller als man »Amen« sagt, war der Bauer unten, stürmte in den Hühnerstall, schnappte sich die vier Steinmarder, steckte sie in einen Sack und sagte dann im Tone tiefster Genugtuung zu ihnen:

»Endlich seid ihr mir in die Hände gefallen. Ich könnte euch strafen, aber so gemein will ich nicht sein. Es genügt mir, wenn ich euch morgen zum Wirt im nächsten Dorf bringe, der wird euch das Fell abziehen und als süßsauren Hasenbraten garen. Das ist eine Ehre, die ihr zwar nicht verdient, aber großmütige Männer wie ich machen wegen solcher Kleinigkeiten kein Aufhebens.«

Dann ging er auf Pinocchio zu, streichelte ihn lange und fragte ihn unter anderem:

»Wie ist es dir gelungen, die Verschwörung der vier Diebe aufzudecken? Und Melampo, mein treuer Melampo, hat nie etwas bemerkt!«

Der hölzerne Junge hätte erzählen können, was er wusste: Er hätte also von dem schändlichen Pakt zwischen dem Hund und den Steinmardern berichten können; da aber der Hund tot war, sagte er sich plötzlich: »Wozu die Toten anklagen? Die Toten sind tot, und das Beste ist, sie in Ruhe zu lassen.«

»Warst du wach, oder hast du geschlafen, als die Marder auf der Tenne ankamen?«, fragte ihn der Bauer weiter.

»Ich schlief«, antwortete Pinocchio, »aber die Marder haben mich mit ihrem Geflüster aufgeweckt, und einer von ihnen ist bis hierher zur Hütte gekommen und sagte: ›Wenn du versprichst, nicht zu bellen und den Herrn nicht zu wecken, schenken wir dir ein schönes gerupftes Huhn.‹ Versteht Ihr? Die Frechheit zu besitzen, mir einen solchen Vorschlag zu machen! Ich bin zwar ein hölzerner Junge und mit allen Untugenden dieser Welt behaftet, aber niemals werde ich mit ehrlosen Leuten unter einer Decke stecken und den Helfershelfer spielen.«

»Bravo, mein Junge!«, rief der Bauer und schlug ihm auf die Schulter. »Solche Ansichten machen dir Ehre; und um dir meine tiefe Dankbarkeit zu beweisen, lasse ich dich jetzt frei, damit du nach Hause zurückkehren kannst.

Und er nahm ihm das Hundehalsband ab.

XXIII

Pinocchio beweint den Tod des schönen Mädchens mit dem blauen Haar; dann begegnet er einer Taube, die ihn ans Ufer des Meeres trägt; dort stürzt er sich ins Wasser, um seinen Vater Geppetto zu retten

Kaum fühlte sich Pinocchio vom niederdrückenden Gewicht dieses Halsbandes befreit, machte er sich über die Felder auf und davon und blieb keine Minute stehen, bis er die Hauptstraße erreicht hatte, die ihn zum Haus der Fee führen sollte.

Als er auf der Hauptstraße stand, schaute er auf die Ebene hinab, erkannte mit bloßem Auge den Wald, in dem er unglücklicherweise den Fuchs und den Kater getroffen hatte; inmitten der Bäume sah er den Wipfel der Großen Eiche aufragen, an der er aufgehängt worden war; er blickte wieder und wieder umher, aber das kleine Haus des Mädchens mit dem blauen Haar war nicht mehr zu sehen.

Da überkam ihn eine traurige Vorahnung, und er lief, was seine Beine hergaben. In wenigen Minuten war er auf der Wiese, auf der einmal das kleine weiße Haus gestanden hatte. Aber das kleine weiße Haus war nicht mehr da. An seiner Stelle stand ein kleiner Marmorstein, auf dem in Druckschrift folgende traurige Worte zu lesen waren:

HIER RUHT
DAS MÄDCHEN MIT DEM BLAUEN HAAR
GESTORBEN AUS KUMMER
WEIL ES VERLASSEN WURDE
VON SEINEM KLEINEN BRUDER PINOCCHIO

Wie dem hölzernen Jungen zumute war, als er diese Worte mühsam zusammenbuchstabiert hatte, überlasse ich eurer Phantasie. Er fiel vornüber zu Boden, bedeckte den marmornen

Grabstein mit tausend Küssen und brach in heiße Tränen aus. Er weinte die ganze Nacht, und als es wieder Tag wurde, weinte er immer noch, obwohl aus seinen Augen keine Tränen mehr kamen. Sein Jammern und Wehklagen waren so herzzerreißend und so durchdringend, dass von allen umliegenden Hügeln das Echo widerhallte. Und er klagte:

»Oh, meine liebe, kleine Fee, warum bist du tot? Warum bin ich statt deiner nicht tot, der ich so böse bin, während du so gut warst? Und wo ist mein Vater? Oh, meine liebe, kleine Fee, sag mir, wo ich ihn finden kann, ich will immer bei ihm bleiben und ihn nie mehr verlassen, nie mehr, nie mehr! – Oh, meine liebe, kleine Fee, sag mir doch, dass es nicht wahr ist, dass du tot bist! Wenn du mich wirklich liebhast, wenn du deinen kleinen Bruder liebhast, dann werde wieder lebendig, kehre wieder ins Leben zurück, wie früher! – Macht es dich nicht traurig, wenn du mich allein und von allen verlassen siehst? – Wenn die Mörder vorbeikommen, werden sie mich wieder am Ast der Eiche aufhängen, und dann werde ich für immer tot sein. Was soll ich allein auf dieser Welt? Wer wird mir, jetzt, da ich dich und meinen Vater verloren, etwas zu essen geben? Wo soll ich nachts schlafen? Wer wird mir ein neues Jäckchen machen? Oh! Es wäre besser, hundertmal besser, wenn auch ich stürbe! Ja, ich will sterben! Huh, huh, huh!«

Er geriet in solche Verzweiflung, dass er sich die Haare ausraufen wollte. Da seine Haare aber aus Holz waren, konnte er nicht einmal mit den Fingern dazwischenfahren.

Da kam unterdessen hoch oben in der Luft eine große Taube angeflogen. Mit ausgebreiteten Flügeln hielt sie im Flug inne und rief ihm aus großer Höhe zu:

»Sag mir, liebes Kind, was machst du denn da unten?«

»Siehst du es nicht? Ich weine!«, sagte Pinocchio, richtete seinen Kopf zu jener Stimme auf und wischte sich mit dem Ärmel seines Jäckchens die Augen.

»Sag mir«, fuhr die Taube fort, »kennst du nicht zufällig unter deinen Kameraden einen hölzernen Jungen, der Pinocchio heißt?«

»Pinocchio? – Hast du Pinocchio gesagt?«, wiederholte der hölzerne Junge und sprang sofort auf die Füße. »Ich bin Pinocchio!« Auf diese Antwort flog die Taube schnell herab und ließ sich auf der Erde nieder. Sie war größer als ein Truthahn.

»Kennst du denn auch Geppetto?«, fragte sie den hölzernen Jungen.

»Und ob ich ihn kenne! Das ist mein armer Vater! Hat er dir etwa von mir erzählt? Bringst du mich zu ihm? Aber, lebt er denn noch? Um Gottes willen antworte mir: Lebt er noch?«

»Ich verließ ihn vor Tagen an der Küste des Meeres.«

»Was macht er dort?«

»Er baute sich ein kleines Boot, um den Ozean zu überqueren. Auf der Suche nach dir zieht der arme Mann seit mehr als vier Monaten durch die Welt, und da er dich nirgendwo finden konnte, hat er es sich jetzt in den Kopf gesetzt, dich in den fernen Ländern der Neuen Welt zu suchen.«

»Wie weit ist es von hier bis zum Strand?«, fragte Pinocchio ängstlich erregt.

»Mehr als tausend Kilometer.«

»Tausend Kilometer? Oh, liebe Taube, wie schön wäre es, wenn ich deine Flügel hätte!«

»Wenn du mitkommen willst, bringe ich dich dorthin.«

»Aber wie denn?«

»Rittlings auf meinem Rücken. Bist du sehr schwer?«

»Schwer? Überhaupt nicht! Ich bin leicht wie ein Blatt.«

Und ohne ein weiteres Wort zu verlieren, schwang sich Pinocchio auf den Rücken der Taube, ließ wie ein Reitersmann ein

Bein links, ein Bein rechts herabhängen und rief vergnügt:

»Hopp, hopp, hopp, mein Pferdchen, denn ich habe es eilig.«

Die Taube erhob sich in die Lüfte, und nach wenigen Minuten flog sie in solcher Höhe, dass sie beinahe die Wolken streifte. Bei dieser gewaltigen Höhe überkam den hölzernen Jungen die Neugierde, nach unten zu schauen. Da erfasste ihn die Angst – und ihm wurde so schwindelig, dass er, um nicht herunterzufallen, seine Arme fest um den Hals seines gefiederten Rössleins klammerte.

Sie flogen den ganzen Tag. Gegen Abend sagte die Taube:

»Ich habe schrecklichen Durst.«

»Und ich habe schrecklichen Hunger«, fügte Pinocchio hinzu.

»Ruhen wir uns doch in diesem Taubenschlag dort ein paar Minuten aus. Und dann machen wir uns wieder auf die Reise, damit wir morgen in aller Frühe am Meeresstrand sind.«

Sie traten in einen verlassenen Taubenschlag, wo es bloß eine Schüssel mit Wasser und ein Körbchen voll Wicken gab.

Der hölzerne Junge hatte in seinem ganzen Leben Wicken nicht ausstehen können. Wenn er sie nur sah, wurde ihm schon schlecht, und es drehte sich ihm der Magen um. Aber diesen Abend aß er davon bis zum Platzen, und als er sie so gut wie aufgegessen hatte, wandte er sich zur Taube und sagte:

»Niemals hätte ich geglaubt, dass Wicken so gut schmecken.«

»Mein lieber Junge, du musst begreifen, dass auch Wicken zu einem köstlichen Gericht werden, wenn man wirklich Hunger hat und nichts anderes zum Essen vorfindet. Der Hunger kennt weder Launen noch Leckerbissen.«

Nachdem sie rasch den kleinen Imbiss zu sich genommen hatten, machten sie sich wieder reisefertig und weiter ging es. Am nächsten Morgen kamen sie am Ufer des Meeres an.

Die Taube setzte Pinocchio auf der Erde ab, und da sie Worte des Dankes für die gute Tat nicht hören wollte, setzte sie sogleich ihren Flug fort und verschwand.

Der Strand war voller Leute, die schrien und gestikulierten und aufs Meer hinausstarrten.

»Was ist denn passiert?«, fragte Pinocchio ein altes Mütterchen.

»Ein armer Vater, der seinen kleinen Sohn verloren hat, ist auf den Gedanken gekommen, ein Boot zu besteigen, um ihn jenseits des Meeres zu suchen, aber heute ist das Meer so wild, und das Boot droht gleich zu versinken.«

»Wo ist das Schifflein?«

»Dort unten, genau dort, wo mein Finger hindeutet«, sagte die Alte und wies auf ein kleines Boot, das aus dieser Entfernung wie eine Nussschale aussah, mit einem winzigen Männchen darin.

Pinocchio starrte in diese Richtung, und nach genauem Hinsehen stieß er einen lauten Schrei aus und rief:

»Es ist mein Vater! Es ist mein Vater!«

Unterdessen wurde das Boot von den tobenden Wellen hin und her geschleudert, bald verschwand es zwischen den riesigen Wogen, bald tauchte es wieder auf. Und Pinocchio, der auf der Spitze einer hohen Felsklippe stand, rief immerzu nach seinem Vater, fuchtelte mit den Armen, winkte mit dem Taschentuch und zuletzt mit seinem Hütchen.

Und es schien, als habe Geppetto, obwohl er weit weg vom Strand war, seinen Sohn erkannt, denn auch er nahm seine Mütze ab und grüßte zurück und gab ihm wild gestikulierend zu verstehen, dass er wieder zum Strand zurückkehren wolle, ihn aber das tobende Meer am Rudern und Landen hindere.

Plötzlich tauchte eine riesige Welle auf, und das Boot verschwand. Alle warteten darauf, dass es wieder an der Oberfläche auftauchte, aber es kam nicht mehr nach oben.

»Armer Mann!«, sagten da die Fischer, die sich am Strand versammelt hatten. Sie murmelten ein Gebet und machten sich auf, in ihre Häuser zurückzukehren.

Da hörten sie einen Schrei der Verzweiflung. Sie drehten sich um und sahen, wie ein Junge sich von einer hohen Felsenklippe ins Meer stürzte und dabei rief:

»Ich will meinen Vater retten!«

Pinocchio blieb, da er ganz aus Holz war, an der Oberfläche und schwamm wie ein Fisch. Er befand sich schon weit draußen im Meer, bald verschwand er, von der Gewalt der Wogen fortgerissen, bald tauchte er mit einem Bein oder einem Arm wieder auf. Schließlich verloren sie ihn aus den Augen und sahen ihn nicht mehr wieder.

»Armer Junge!«, sagten da die Fischer, die am Strand versammelt waren. Sie murmelten ein Gebet und kehrten nach Hause zurück.

XXIV

Pinocchio gelangt zur Insel der »fleißigen Bienen« und findet die Fee wieder

Von der Hoffnung beflügelt, seinem armen Vater helfen zu können, schwamm Pinocchio die ganze Nacht hindurch.

Und was war das für eine schreckliche Nacht! Es goss in Strömen, es hagelte und donnerte fürchterlich, und zwischendurch blitzte es taghell.

Gegen Morgen konnte er unweit einen ausgedehnten Landstrich erkennen. Es war eine Insel mitten im Meer.

Jetzt setzte er alles daran, um an den Strand zu gelangen, aber vergeblich. Die Wellen jagten und überschlugen sich und warfen ihn einander zu, als sei er bloß ein Ästchen oder ein Strohhalm. Schließlich, und zu seinem Glück, rollte eine gewaltige und mächtige Welle heran und schleuderte ihn mit aller Wucht auf den Sandstrand.

Er wurde so heftig an Land geschleudert, dass ihm alle Rippen und Gelenke krachten. Aber er tröstete sich gleich und sagte:

»Auch dieses Mal bin ich heil davongekommen!«

Unterdessen klarte der Himmel allmählich auf, die Sonne strahlte in ihrer ganzen Pracht, und das Meer wurde ganz ruhig und glatt wie Öl.

Da breitete der hölzerne Junge seine Kleider zum Trocknen in der Sonne aus und hielt nach allen Seiten Ausschau, ob er nicht vielleicht auf der riesigen Wasserfläche ein kleines Boot mit einem ganz kleinen Mann darin ausmachen könnte. Aber nachdem er lange seinen Blick hatte umherschweifen lassen, sah er nichts vor sich als Himmel, Meer und ein paar Schiffssegel, die aber, ganz weit in der Ferne, wie Fliegen aussahen.

»Wenn ich doch nur wüsste, wie diese Insel heißt!«, sagte er. »Wenn ich doch nur wüsste, ob diese Insel von freundlichen Leuten bewohnt wird, ich meine von Leuten, die nicht die Unart an sich haben, Kinder an den Ästen der Bäume aufzuhängen! Aber wen könnte ich nur danach fragen? Wen, wenn niemand da ist?«

Die Vorstellung, mutterseelenallein auf einer unbewohnten Insel zu sein, versetzte ihn in tiefe Schwermut, und er wollte schon weinen; da sah er plötzlich unweit vom Ufer einen großen Fisch, der gemächlich seines Weges zog und dabei seinen Kopf aus dem Wasser streckte.

Da der hölzerne Junge seinen Namen nicht kannte, rief er laut, um gehört zu werden:

»Hallo, Herr Fisch, gestattet Ihr mir ein Wort?«

»Auch zwei«, antwortete der Fisch, der ein so höflicher Delphin war, wie man nur selten einem auf den Meeren der Welt begegnet.

»Hättet Ihr die Liebenswürdigkeit, mir zu sagen, ob es auf dieser Insel Dörfer gibt, wo man essen kann, ohne Gefahr zu laufen, selbst gefressen zu werden?«

»Ja sicher«, antwortete der Delphin. »Sogar ganz in der Nähe liegt eines.«

»Und wo muss ich langgehen, um dorthin zu kommen?«

»Du schlägst den kleinen Fußweg zu deiner Linken ein und gehst immer geradeaus der Nase nach, so kannst du es nicht verfehlen.«

»Sagt mir noch etwas anderes. Ihr zieht doch Tag und Nacht durch das Meer, seid Ihr zufällig einem kleinen Boot mit meinem Vater begegnet?«

»Und wer ist dein Vater?«

»Er ist der beste Vater der Welt, wie ich der schlimmste Sohn bin, den es geben kann.«

»Bei dem Unwetter heute Nacht«, antwortete der Delphin, »ist das kleine Boot wohl gesunken.«

»Und mein Vater?«

»Den wird der schreckliche Haifisch verschlungen haben, der seit Tagen Tod und Schrecken in unseren Gewässern verbreitet.«

»Ist denn dieser Haifisch sehr groß?«, fragte Pinocchio, der jetzt vor Angst zitterte.

»Und ob der groß ist!«, erwiderte der Delphin. »Damit du dir eine Vorstellung von ihm machen kannst, sage ich dir, dass er größer als ein fünfstöckiges Haus ist und einen so breiten und tiefen Schlund hat, dass darin bequem ein Eisenbahnzug samt dampfender Lokomotive Platz fände.«

»Du liebes bisschen!«, rief der hölzerne Junge entsetzt. Eilig und hastig zog er sich wieder an, wandte sich dem Delphin zu und sagte:

»Auf Wiedersehen, Herr Fisch, entschuldigt die Störung und tausend Dank für Eure Güte.«

Nach diesen Worten schlug er den Pfad ein. Er ging so behände, dass man hätte meinen können, er liefe. Und beim geringsten Geräusch drehte er sich gleich um, aus lauter Angst, von dem schrecklichen Haifisch verfolgt zu werden, der so groß war wie ein fünfstöckiges Haus und in seinem Maul einen Eisenbahnzug hatte.

Nach einer halben Stunde Weges kam er in einem Dorf an, das man das Dorf der fleißigen Bienen nannte. Die Straßen wimmelten nur so von Leuten, die geschäftig hin und her eilten. Alle arbeiteten sie, alle hatten sie etwas zu tun. Nirgendwo ein Müßiggänger, nirgendwo ein Herumtreiber, selbst wenn man ihn mit der Laterne gesucht hätte.

»Ich habe verstanden«, sagte da dieser Faulpelz von Pinocchio, »dieses Dorf ist nichts für mich. Ich bin nicht zum Arbeiten geboren.«

Mittlerweile quälte ihn der Hunger, denn er hatte schon über vierundzwanzig Stunden nichts mehr gegessen, nicht einmal ein Wickengericht.

Was tun?

Es blieben ihm nur zwei Möglichkeiten, seinen Hunger zu stillen: entweder eine kleine Arbeit zu suchen oder um ein paar Pfennige oder einen Bissen Brot zu betteln.

Er schämte sich zu betteln, weil sein Vater ihm immer wieder gepredigt hatte, dass nur die Alten und Kranken um ein Almosen bitten dürften. Die wahrhaft Armen dieser Welt, die Unterstützung und Mitleid verdienten, seien nur die, die wegen ihres Alters oder einer Krankheit ihr Brot nicht mehr mit ihrer Hände Arbeit verdienen könnten. Alle anderen hätten die Pflicht, zu arbeiten. Und wenn sie nicht arbeiteten und Hunger litten, dann seien sie selbst schuld daran.

Da kam auf der Straße ein Mann daher, der schwitzend und keuchend ganz allein mit größter Mühe zwei Karren voll Kohle zog.

Pinocchio hielt ihn dem Aussehen nach für einen gutmütigen Mann, er ging auf ihn zu, schlug vor Scham die Augen nieder und sagte leise zu ihm:

»Hättet Ihr die Barmherzigkeit, mir einen Groschen zu geben? Ich sterbe nämlich vor Hunger.«

»Nicht nur einen will ich dir geben«, antwortete der Kohlenmann, »sondern vier, wenn du mir hilfst, die beiden Kohlenkarren bis nach Hause zu ziehen.«

»Na, so was!«, antwortete der hölzerne Junge, fast beleidigt. »Damit Ihr es wisst, noch nie habe ich den Esel gemacht, noch nie habe ich einen Karren gezogen!«

»Umso besser für dich«, antwortete der Kohlenmann. »Nun, mein Junge, wenn du wirklich glaubst, vor Hunger zu sterben, dann schneide dir doch zwei dicke Scheiben von deinem Hochmut ab und pass auf, dass du kein Magendrücken kriegst.«

Ein paar Minuten später kam ein Maurer daher, der auf seinem Rücken eine Kiepe mit Mörtel trug.

»Gnädiger Herr, würdet Ihr einem armen Jungen, der vor Hunger gähnt, einen Groschen geben?«

»Aber gerne. Komm, hilf mir den Mörtel tragen«, erwiderte

der Maurer, »und statt eines Groschens will ich dir sogar fünf geben.«

»Der Mörtel ist aber schwer«, antwortete Pinocchio, »und ich will mich nicht anstrengen.«

»Wenn du dich nicht anstrengen willst, nun, mein Junge, dann gähne mal tüchtig weiter und wohl bekomm's!«

In einer knappen halben Stunde kamen noch zwanzig Leute vorbei, und alle bat Pinocchio um eine milde Gabe, aber alle gaben zur Antwort:

»Schämst du dich nicht? Statt auf der Straße herumzufaulenzen, such dir lieber etwas Arbeit und lerne, dir dein Brot zu verdienen.«

Zuletzt kam eine liebe, gute Frau vorbei, die zwei Wasserkrüge trug.

»Gute Frau, dürfte ich einen Schluck Wasser aus Eurem Krug trinken?«, fragte Pinocchio, der vor Durst brannte.

»Trinke nur, mein Junge«, sagte die gute Frau und stellte die beiden Krüge auf die Erde.

Nachdem Pinocchio das Wasser wie ein Schwamm in sich gesogen hatte, trocknete er sich den Mund ab und murmelte:

»Den Durst habe ich gelöscht. Könnte ich nur meinen Hunger genauso stillen!«

Die freundliche, gute Frau hatte seine Worte vernommen und sagte sogleich:

»Wenn du mir hilfst, die Wasserkrüge nach Hause zu tragen, bekommst du ein schönes Stück Brot.«

Pinocchio besah sich den Krug und sagte weder ja noch nein.

»Und zu dem Brot gibt es noch einen Teller Blumenkohl, angemacht mit Essig und Öl«, fügte die gute Frau hinzu.

Pinocchio warf abermals einen Blick auf den Krug, und antwortete weder mit Ja noch mit Nein.

»Und nach dem Blumenkohl gebe ich dir noch eine köstliche Likörpraline.«

Der Verlockung dieser Schlemmerei konnte Pinocchio nicht mehr widerstehen; er gab sich einen Ruck und sagte:

»Wohlan! Ich trage Euch den Krug nach Hause.«

Der Krug war aber sehr schwer, und weil der hölzerne Junge nicht die Kraft hatte, ihn mit den Händen zu tragen, trug er ihn eben auf dem Kopf.

Zu Hause angekommen, ließ die gute Frau Pinocchio an einem kleinen gedeckten Tischchen Platz nehmen und setzte ihm das Stück Brot, den angemachten Blumenkohl und die Praline vor.

Pinocchio aß nicht, er schlang. Sein Magen war so leer wie eine fünf Monate lang leerstehende und unbewohnte Behausung.

Nachdem sich sein wütender Heißhunger allmählich gelegt hatte, hob er den Kopf, um seiner Wohltäterin zu danken. Er hatte ihr noch kaum ins Gesicht gesehen, da entfuhr ihm ein langes, erstauntes ›Oooh‹, und mit weit aufgerissenen Augen, die Gabel in der Luft und Blumenkohl im Mund, blieb er wie verzaubert.

»Was versetzt dich denn in solches Erstaunen?«, fragte die gute Frau.

»Es ist …«, stammelte Pinocchio, »es ist … es ist … weil Ihr ähnelt … Ihr erinnert mich … ja, jaja, die gleiche Stimme … die gleichen Augen … die gleichen Haare, ja, ja, ja … auch Ihr habt blaues Haar – wie sie! Oh, meine liebe, kleine Fee, oh, meine liebe, kleine Fee! – sagt mir, dass Ihr es seid, dass Ihr es wirklich seid! Lasst mich nicht mehr weinen! Wenn Ihr wüsstet! – Ich habe so viel geweint, ich habe so sehr gelitten!«

Und als er so sprach, vergoss Pinocchio bittere Tränen, er warf sich zu Boden und umfasste die Knie der geheimnisvollen Frau.

XXV

Pinocchio verspricht der Fee, brav zu sein und zu lernen, denn er hat es satt, eine Holzpuppe zu sein; er will ein anständiger Junge werden

Zunächst beteuerte die gute Frau, nicht die kleine Fee mit dem blauen Haar zu sein, aber dann, als sie sich erkannt sah, wollte sie nicht länger Komödie spielen und gab sich zu erkennen. Sie sagte zu Pinocchio:

»Du Schelm von einem hölzernen Jungen, wie hast du denn gemerkt, dass ich es bin?«

»Meine große Liebe zu Euch hat es mir gesagt.«

»Erinnerst du dich noch? Ich war noch ein kleines Mädchen, als du mich verlassen hast. Und nun bin ich eine Frau und könnte fast deine Mutter sein.«

»Das gefällt mir sehr, so sage ich statt Schwesterchen Mutter zu Euch. Schon lange sehne ich mich danach, auch eine Mutter zu haben, wie alle anderen Kinder! – Aber was habt Ihr denn gemacht, dass Ihr so schnell gewachsen seid?«

»Das ist ein Geheimnis.«

»Verratet es mir: Auch ich möchte ein wenig größer werden. Seht Ihr nicht, dass ich immer noch ein Dreikäsehoch bin?«

»Aber du kannst doch gar nicht größer werden«, sagte die Fee.

»Warum nicht?«

»Weil hölzerne Jungen niemals wachsen. Sie werden als Holzbuben geboren, leben als Holzbuben und sterben als Holzbuben.«

»Oh, ich bin es leid, immer eine Holzpuppe zu sein!«, rief Pinocchio und gab sich selbst eine Ohrfeige. »Es wäre an der Zeit, dass auch ich ein Mensch würde.«

»Und du wirst es auch, wenn du es verdient hast.«

»Wirklich? Und was kann ich tun, um es zu verdienen?«

»Das ist ganz einfach: Gewöhne dich daran, ein braver Junge zu sein.«

»Bin ich das vielleicht nicht?«

»Alles andere als das! Die braven Kinder sind folgsam, du dagegen …«

»Ich folge nie.«

»Die braven Kinder lernen und arbeiten gerne.«

»Ich dagegen bin das ganze Jahr über ein Faulenzer und Herumtreiber.«

»Die braven Jungen sagen immer die Wahrheit.«

»Und ich lüge immer.«

»Die braven Kinder gehen gern zur Schule …«

»Und mir macht die Schule Bauchweh. Aber von heute an will ich mein Leben ändern.«

»Versprichst du mir das?«

»Ich verspreche es. Ich will ein braver Junge werden und meinem Vater Freude bereiten. – Wo mag mein Vater jetzt sein?«

»Ich weiß es nicht.«

»Werde ich jemals das Glück haben, ihn wiederzusehen und zu umarmen?«

»Ich glaube schon, ich bin sogar ganz sicher.«

Bei dieser Antwort war Pinocchios Freude so groß, dass er die Hände der Fee ergriff und sie so stürmisch küsste, als sei er von Sinnen. Dann blickte er zu ihr empor, sah sie liebevoll an und fragte:

»Sagt mir, liebes Mütterchen: Es stimmt also nicht, dass Ihr gestorben seid?«

»Offenbar nicht«, antwortete die Fee lächelnd.

»Wenn Ihr wüsstet, wie sehr ich litt, und wie es mir die Kehle zuschnürte, als ich las ›Hier ruht …‹«

»Ich weiß es, und darum habe ich dir auch verziehen. Die Ehrlichkeit deines Schmerzes hat mir dein gutes Herz bewiesen;

und bei Kindern, die ein gutes Herz haben, selbst wenn sie manchmal freche Schlingel sind, darf man immer noch hoffen; das heißt, man darf immer noch hoffen, dass sie auf den rechten Weg zurückfinden. Darum habe ich dich hier gesucht. Ich werde deine Mutter sein …«

»Ah, wie schön!«, rief Pinocchio und hüpfte vor Freude.

»Du wirst mir gehorchen und immer tun, was ich dir sage!«

»Gerne, gerne, gerne!«

»Ab morgen«, sagte die Fee, »wirst du zur Schule gehen.«

Pinocchios Freude wurde sichtlich kleiner.

»Danach suchst du dir nach deinem Geschmack ein Handwerk oder einen anderen Beruf.«

Pinocchio wurde ernst.

»Was murmelst du zwischen den Zähnen?«, fragte die Fee leicht verärgert.

»Ich sagte …«, wimmerte der Holzbube leise, »jetzt noch zur Schule zu gehen, ist wohl schon etwas spät!«

»Nein, junger Mann! Vergiss nicht, dass es nie zu spät ist, sich zu bilden und zu lernen.«

»Aber ich will weder ein Handwerk noch einen anderen Beruf ergreifen.«

»Warum nicht?«

»Weil ich glaube, dass arbeiten mühsam ist.«

»Mein lieber Junge«, sagte die Fee, »wer so spricht, endet fast immer im Gefängnis oder im Krankenhaus. Merke dir: Der Mensch, ob reich oder arm geboren, hat auf dieser Welt die Pflicht, etwas zu tun, sich zu beschäftigen, zu arbeiten. Weh dem, der sich dem Müßiggang ergibt! Der Müßiggang ist eine ganz üble Krankheit, und man muss sie sofort, von Kindesbeinen an, heilen. Ist man erst erwachsen, kann man sie nicht mehr heilen.«

Diese Worte gingen Pinocchio zu Herzen. Er hob lebhaft den Kopf und sagte zur Fee:

»Ich will lernen, ich will arbeiten, ich will alles tun, was Ihr mir sagt, denn schließlich habe ich es satt, eine Holzpuppe zu sein, ich will um jeden Preis ein richtiger Junge werden. Das habt Ihr mir doch versprochen, nicht wahr?«

»Ich habe es dir versprochen, und jetzt hängt alles von dir ab.«

XXVI

Pinocchio geht mit seinen Schulkameraden ans Ufer des Meeres, um den schrecklichen Haifisch zu sehen

Am nächsten Tag ging Pinocchio in die Dorfschule.

Stellt euch die Lausejungen vor, als sie sahen, dass ein hölzerner Junge in ihre Schule kam! Da gab es ein Gelächter, das nicht enden wollte. Jeder machte sich seinen Jux mit ihm: Der eine riss ihm das Hütchen aus der Hand, der andere zog ihn hinten am Jäckchen, wieder ein anderer versuchte, ihm mit Tinte einen Schnurrbart unter die Nase zu malen, und einer war so dreist und wollte ihm Fäden an Füße und Hände knüpfen, um ihn tanzen zu lassen.

Eine Weile blieb Pinocchio gelassen und machte sich nichts daraus, aber dann riss ihm allmählich doch der Geduldsfaden, und er sagte mit strenger Miene zu denjenigen, die ihn am meisten hänselten und piesackten:

»Passt bloß auf, ihr Jungen! Ich bin nicht hierhergekommen, um euer Hanswurst zu sein. Ich achte die anderen und will darum auch geachtet werden.«

»Bravo, du Teufelskerl! Du sprichst ja wie ein Buch!«, schrien die Lausbuben und bogen sich vor Lachen. Der frechste von allen streckte die Hand aus und wollte den hölzernen Jungen an der Nasenspitze packen.

Aber dazu kam es nicht, denn Pinocchio holte unter der Schulbank mit einem Bein aus und versetzte ihm einen Fußtritt gegen das Schienbein.

»Au, hat der harte Knochen!«, schrie der Junge und rieb sich den blauen Fleck, den ihm der hölzerne Junge beigebracht hatte.

»Und Ellenbogen! – Die sind noch härter als seine Füße!«, sagte ein anderer, der für seine üblen Scherze einen Stoß in den Magen abbekommen hatte.

Eines steht fest: Nach diesem Fußtritt und diesem Stoß mit

dem Ellenbogen gewann Pinocchio mit einem Mal die Achtung und Zuneigung aller Schüler. Alle umarmten ihn freundschaftlich und mochten ihn von Herzen gern.

Und auch der Lehrer lobte ihn, weil er ihn aufmerksam, fleißig und klug fand und er immer als Erster in die Schule kam und als Letzter nach Schulschluss aufstand.

Sein einziger Fehler war, dass er zu viele Freunde hatte, unter denen es viele Schlingel gab, die nur allzu bekannt waren für ihren geringen Lerneifer und Ehrgeiz.

Der Lehrer warnte ihn tagtäglich, und auch die gute Fee ließ es nicht an Ermahnungen fehlen; sie sagte immer wieder:

»Sieh dich vor, Pinocchio! Deine schlechten Kameraden werden dir früher oder später die Lust am Lernen nehmen und dich, wer weiß, in großes Unglück stürzen.«

»Da besteht keine Gefahr!«, antwortete der hölzerne Junge mit einem Achselzucken und deutete mit dem Zeigefinger auf seine Stirn, als wollte er sagen: »Da ist schon viel Verstand drin!«

Nun geschah es eines Tages, dass er auf dem Schulweg einer ganzen Bande solcher Kameraden begegnete, die zu ihm sagten:

»Weißt du schon das Neueste?«

»Nein.«

»Gleich unten im Meer ist ein Haifisch angekommen, der ist so groß wie ein Gebirge.«

»Wirklich? – Ob es wohl der Haifisch von damals ist, als mein armer Vater ertrank?«

»Wir gehen zum Strand, um ihn anzuschauen. Kommst du mit uns?«

»Nein! Ich will zur Schule gehen.«

»Was kümmert dich die Schule? Wir gehen morgen wieder in

die Schule. Eine Lektion mehr oder weniger, wir bleiben doch dieselben Esel!«

»Und was wird der Lehrer sagen?«

»Lass den Lehrer nur sagen, was er will. Schließlich wird er dafür bezahlt, dass er den ganzen Tag herumschimpft.«

»Und meine Mutter?«

»Mütter wissen nie etwas!«, antworteten die Taugenichtse.

»Wisst ihr, was ich tun werde?«, sagte Pinocchio. »Den Haifisch will ich aus persönlichen Gründen sehen –, aber ich sehe ihn mir erst nach der Schule an.«

»Armer Irrer!«, spottete einer aus der Bande. »Glaubst du denn, dass so ein großer Fisch dort wartet, bis es dir passt? Sobald es ihm zu dumm wird, zieht er woandershin, und dann hast du ihn gesehen!«

»Wie lange braucht man bis zum Strand?«, erkundigte sich der hölzerne Junge.

»In einer Stunde sind wir spielend dort und wieder zurück.«

»Dann also los! Und wer am schnellsten läuft, ist Sieger!«, rief Pinocchio.

Das war das Signal zum Aufbruch. Und die ganze Rasselbande rannte mit den Büchern und Heften unterm Arm über die Felder. Pinocchio rannte immer vorneweg, als hätte er Flügel an den Füßen.

Von Zeit zu Zeit drehte er sich um, verspottete seine Kameraden, die weit hinter ihm zurückgeblieben waren. Und als er sie keuchend und außer Atem, staubig und mit heraushängender Zunge sah, da lachte ihm das Herz im Leibe. In diesem Augenblick ahnte der Unglückliche noch nicht, welchen Ängsten und welch schrecklichem Unheil er entgegenlief.

XXVII

Große Prügelei zwischen Pinocchio und seinen Kameraden. Einer wird verletzt, und Pinocchio wird von der Polizei festgenommen

Als Pinocchio an den Strand gekommen war, ließ er sogleich seinen Blick weit über das Meer schweifen, aber er sah keinen Haifisch. Das Meer war glatt wie ein großer Kristallspiegel.

»Wo ist denn der Haifisch?«, fragte er seine Kameraden.

»Der wird gerade frühstücken«, antwortete einer von ihnen und lachte.

»Oder er wird sich ins Bett gelegt haben, um ein Nickerchen zu machen«, sagte ein anderer und musste noch mehr lachen.

An diesen ungereimten Antworten und dem albernen Gelächter merkte Pinocchio, dass seine Kameraden ihm einen üblen Scherz gespielt hatten, indem sie ihm einen Bären aufgebunden hatten. Das verdross ihn, und er schnauzte sie an:

»Und jetzt? Findet ihr das witzig, mir das Märchen vom Haifisch aufzubinden?«

»Das hat schon seinen Sinn«, antworteten die Lausbuben im Chor.

»Und was für einen?«

»Dass du die Schule schwänzt und mit uns gegangen bist. Schämst du dich denn nicht, jeden Tag so pünktlich und so fleißig in der Schule zu sein? Schämst du dich nicht, so viel zu lernen?«

»Wenn ich lerne, was geht euch das an?«

»Das geht uns sehr viel an, weil wir nämlich beim Lehrer schlecht dastehen.«

»Warum?«

»Weil fleißige Schüler uns, die wir am Lernen keinen Spaß haben, ausstechen. Wir wollen uns aber nicht ausstechen lassen! Auch wir haben unseren Stolz.«

»Was muss ich also tun, damit ihr zufrieden seid?«

»Auch dir sollen die Schule, der Unterricht und der Lehrer zum Halse heraushängen! Das sind unsere drei Hauptfeinde.«

»Und wenn ich weiterlernen möchte?«

»Dann sehen wir dich nicht mehr an und zahlen es dir bei der erstbesten Gelegenheit heim.«

»Dass ich nicht lache!«, sagte der hölzerne Junge kopfschüttelnd.

»Oho, Pinocchio!«, schrie da der größte Junge und kam ihm bedrohlich nahe. »Gib bloß nicht so an, und spiel dich nicht so auf! – Wenn du keine Angst vor uns hast, wir haben schon gar keine vor dir. Bedenke, du bist allein, und wir sind sieben.«

»Wie die sieben Todsünden«, sagte Pinocchio und musste laut lachen.

»Habt ihr gehört? Er hat uns alle beschimpft! Er hat Todsünden zu uns gesagt!«

»Pinocchio, entschuldige dich für diese Beleidigung! – Wenn nicht, dann kannst du was erleben!«

»Kuckuck!«, sagte der hölzerne Junge und zeigte spöttisch mit dem Zeigefinger auf die Nasenspitze.

»Pinocchio, das wird böse enden!«

»Kuckuck!«

»Du bekommst Schläge wie ein Esel!«

»Kuckuck!«

»Du wirst mit einer gebrochenen Nase nach Hause gehen.«

»Kuckuck!«

»Ich gebe dir jetzt deinen Kuckuck!«, rief der mutigste der Lausbuben. »Nimm das als Anzahlung, und hebe sie dir zum Abendessen auf.«

Und dabei verpasste er ihm einen Faustschlag an den Kopf.

Aber, wie man zu sagen pflegt, ging es jetzt Schlag auf Schlag, denn, wie zu erwarten, schlug der hölzerne Junge sofort zurück, und im Nu wurde daraus eine allgemeine, wüste Prügelei.

Obwohl Pinocchio ganz alleine stand, verteidigte er sich heldenhaft. Mit seinen harten Holzfüßen arbeitete er so trefflich, dass er seine Gegner immer in respektvoller Entfernung halten konnte. Wo immer seine Fußtritte landeten, hinterließen sie als Andenken blaue Flecken.

Erbost darüber, dass sie sich nicht mit dem hölzernen Jungen im Nahkampf messen konnten, griffen sie zu Wurfgeschossen. Sie lösten ihre Bündel mit Schulbüchern auf und begannen, ihn mit ihren Lesebüchern, Grammatiken, ihren *Gianettini*, *Minuzzoli*,[1] den *Erzählungen* von Thouar, Baccinis *Pulcino* und anderen Schulbüchern zu bewerfen. Aber der hölzerne Junge, flink und gewandt wie er war, duckte sich immer im rechten Augenblick, so dass die Bücher über seinen Kopf hinweg alle ins Meer flogen.

Stellt euch die Fische vor! Sie hielten die Bücher für etwas Essbares und schwammen in Scharen an die Oberfläche. Kaum aber hatten sie ein paar Seiten oder Titelblätter angeknabbert, spuckten sie sie wieder aus und verzogen dabei das Maul, als wollten sie sagen: »Dieses Zeug ist nichts für uns; wir sind weit Besseres gewohnt!«

Unterdessen wurde die Schlacht immer heftiger. Da kam plötzlich ein fetter Krebs aus dem Wasser, kroch mühsam bis zum Strand und rief mit einer Stimme, die einer heiseren Trompete glich:

»Hört auf, ihr Lausbuben, denn etwas anderes seid ihr nicht! Solche Raufereien unter Jungen gehen selten gut aus. Irgendein Unglück geschieht dabei immer.«

Armer Krebs! Es war, als hätte er in den Wind geredet, im Gegenteil, dieser Schlingel von einem Pinocchio drehte sich

1 *Gianettino* und *Minuzzolo* sind Werke von Collodi.

noch um, warf ihm einen scheelen Blick zu und sagte barsch zu ihm:

»Halte die Luft an, du langweiliger Krebs! Lutsche lieber zwei Hustenbonbons, um deine Halsentzündung zu kurieren. Geh besser ins Bett, und schwitze dich gesund.«

In diesem Augenblick erspähten die Jungen, die ihre Munition an Büchern verschossen hatten, ganz in der Nähe das Bücherbündel des hölzernen Jungen und – schwupp – hatten sie es an sich gerissen. Unter diesen Büchern war auch ein Band, in feste Pappe eingebunden, der am Rücken und an den Ecken mit Pergament verstärkt war. Es war ein Rechenbuch. Ihr könnt euch vorstellen, wie schwer es war! Einer der Lausbuben ergriff den Band, zielte auf Pinocchios Kopf und warf ihn mit aller Kraft, die er hatte. Aber statt den hölzernen Jungen zu treffen, traf er den Kopf eines Schulkameraden, der darauf bleich wie ein frisch gewaschenes Leintuch wurde und nur noch sagen konnte:

»Oh, Mutter hilf mir –, ich sterbe.«

Dann fiel er der Länge nach in den Sand. Beim Anblick des leblos Daliegenden nahmen die entsetzten Jungen Reißaus und waren in wenigen Minuten nicht mehr zu sehen.

Pinocchio aber blieb da; und obgleich auch er vor Schmerz und Entsetzen mehr tot als lebendig war, rannte er los, um sein Taschentuch ins Meerwasser zu tauchen und es seinem armen Schulkameraden auf die Schläfen zu legen. Und dabei weinte er bitterlich, rief ihn verzweifelt beim Namen und sagte:

»Eugenio, mein armer Eugenio! – Mach doch die Augen auf und sieh mich an! – Warum antwortest du mir nicht? Ich war es doch nicht, der dir so wehgetan hat! Glaub mir doch, ich war es nicht! – Mach doch die Augen auf, Eugenio! Wenn du die Augen zulässt, sterbe ich auch noch. – Oh, mein Gott, wie kann ich so nach Hause zurückkehren? Woher soll ich den Mut nehmen, mich bei meiner guten Mutter blicken zu lassen? – Was wird aus mir? Wohin soll ich fliehen? Wo soll ich mich verstecken? – Oh, wie viel besser wäre es gewesen, tausendmal besser, wenn ich zur Schule gegangen wäre! Warum habe ich auf die Kameraden gehört, die mein Verderben sind? Und der Lehrer hatte mich gewarnt! Und meine Mutter hatte immer wieder gesagt: ›Hüte dich vor schlechten Kameraden!‹ Ich aber bin ein Dickkopf, ein Starrkopf: Ich lasse alle reden, und dann handele ich immer, wie es mir gerade passt. Und dann muss ich es doch büßen. – Und darum habe ich, seit ich auf der Welt bin, keine ruhige Viertelstunde gehabt. Mein Gott, was wird aus mir, was wird aus mir, was wird aus mir?«

Und Pinocchio hörte nicht auf zu weinen und zu heulen und schlug sich mit den Fäusten an den Kopf und rief immer wieder den armen Eugenio mit Namen an, bis er plötzlich das dumpfe Geräusch von Schritten hörte, die näher kamen.

Er drehte sich um: Es waren zwei Polizisten. »Warum liegst du denn auf dem Boden?«, fragten sie Pinocchio.

»Ich helfe meinem Schulkameraden.«

»Ist ihm schlecht?«

»Es scheint so …«

»Dem ist nicht schlecht!«, sagte einer der Polizisten, als er sich bückte und Eugenio aus der Nähe betrachtete. »Dieser Junge ist an der Schläfe verletzt worden. Wer hat es getan?«

»Ich nicht!«, stammelte der hölzerne Junge, der vor Angst fast kein Wort mehr über die Lippen brachte.

»Wenn du es nicht warst, wer war es dann?«

»Ich nicht«, wiederholte Pinocchio.

»Und womit ist er verletzt worden?«

»Mit diesem Buch.« Und der hölzerne Junge hob das in Pappe und Pergament gebundene Rechenbuch auf und zeigte es dem Polizisten.

»Und wem gehört das Buch?«

»Mir.«

»Das genügt. Mehr brauchen wir nicht. Steh sofort auf und komm mit uns!«

»Aber ich …«

»Du kommst mit uns!«

»Aber ich bin unschuldig …«

»Du kommst mit uns!«

Bevor sie aufbrachen, riefen die Polizisten einige Fischer herbei, die gerade mit ihrem Boot in Strandnähe vorbeifuhren, und sagten zu ihnen:

»Wir vertrauen euch diesen Jungen an, der am Kopf verletzt ist. Nehmt ihn zu euch nach Hause, und kümmert euch um ihn. Morgen kommen wir, um nach ihm zu sehen.«

Dann wandten sie sich Pinocchio zu; sie nahmen ihn in ihre Mitte und schüchterten ihn mit militärischem Befehlston ein:

»Vorwärts! Und zwar etwas flott! Sonst kannst du was erleben!«

Der hölzerne Junge ließ sich das nicht zweimal sagen und lief den schmalen Weg entlang, der zum Dorf führte. Der arme Teufel wusste gar nicht mehr, in welcher Welt er lebte. Er glaubte zu träumen, und was für einen schrecklichen Traum! Er war völlig durcheinander. Seine Augen sahen alles doppelt, die Beine zitterten ihm, die Zunge klebte ihm am Gaumen fest, und er brachte kein Sterbenswörtlein mehr heraus. Und dennoch, in all seiner Verblüffung und Sprachlosigkeit, drang ihm ein Stachel tief ins Herz: Der Gedanke nämlich, unter dem Fenster seiner guten Fee zwischen zwei Polizisten vorbeigehen zu müssen. Lieber wäre er tot gewesen.

Sie waren schon angekommen und wollten gerade ins Dorf hineingehen, da riss ein kräftiger Windstoß Pinocchio das Hütchen vom Kopf und trug es zehn Schritte weit weg.

»Erlaubt ihr«, sagte der hölzerne Junge zu den Polizisten, »dass ich mein Hütchen wiederhole?«

»Geh nur, aber beeile dich.«

Der hölzerne Junge lief, hob das Hütchen auf, aber statt es

sich auf den Kopf zu setzen, nahm er es zwischen die Zähne und rannte, so schnell er konnte, zum Strand zurück. Wie eine Gewehrkugel schoss er dahin. Die Polizisten, die begriffen, dass es schwierig war, ihn einzuholen, setzten einen großen Hund auf seine Fährte, der bei allen Hunderennen immer den ersten Preis gewonnen hatte. Pinocchio rannte, aber der Hund rannte noch schneller als er. Und alle Leute traten neugierig ans Fenster oder drängten sich auf der Straße, um den Ausgang dieses wilden Rennens zu verfolgen. Aber sie kamen nicht auf ihre Kosten, denn der Hund und Pinocchio wirbelten auf der Straße eine solche Staubwolke auf, dass man nach wenigen Minuten nichts mehr sehen konnte.

XXVIII

Pinocchio wird beinahe wie ein Fisch in der Pfanne gebraten

Während dieses verzweifelten Rennens gab es einen schrecklichen Augenblick, einen Augenblick, in dem sich Pinocchio schon verloren glaubte: Alidoro (so hieß der Hund) hatte ihn nämlich in seiner wilden Hetzjagd fast eingeholt.

Es genügt, wenn ich sage, dass der hölzerne Junge ganz dicht hinter sich das angestrengte Keuchen dieser Bestie hörte und sogar ihren heißen Atem spürte.

Zum Glück war der Strand jetzt ganz nahe, und zum Meer waren es nur noch wenige Schritte.

Kaum war der hölzerne Junge am Strand angelangt, machte er einen gewaltigen Sprung, wie ihn kein Frosch hätte besser machen können, und landete mitten im Wasser. Alidoro dagegen wollte stehenbleiben, aber vom eigenen Lauf fortgerissen, fiel auch er ins Wasser. Der Unglückliche konnte aber nicht schwimmen, weshalb er gleich mit den Pfoten herumzappelte, um sich an der Oberfläche zu halten. Aber je mehr er zappelte, desto mehr geriet sein Kopf unter Wasser.

Als er den Kopf wieder einmal herausstreckte, hatte der arme Hund ganz verängstigte und verdrehte Augen und schrie bellend:

»Ich ertrinke! Ich ertrinke!«

»Krepier nur!«, antwortete ihm Pinocchio aus einiger Entfernung, nachdem er sich außer Gefahr sah.

»Hilf mir, lieber Pinocchio! Rette mich vor dem Tod!«

Auf diesen herzzerreißenden Hilferuf ließ sich der hölzerne Junge, der ja im Grunde ein gutes Herz hatte, vor Mitleid erweichen. Er rief dem Hund zu:

»Aber wenn ich dir helfe und dich rette, versprichst du mir, dass du mich in Ruhe lässt und mich nicht mehr verfolgst?«

»Ich verspreche es dir! Ich verspreche es dir! Beeile dich, um Himmels willen, wenn du noch eine halbe Minute wartest, bin ich mausetot.«

Pinocchio zögerte ein wenig; dann aber erinnerte er sich daran, dass sein Vater ihm so oft gesagt hatte, dass es einem nie schade, eine gute Tat zu vollbringen. So schwamm er auf Alidoro zu, packte ihn mit beiden Händen am Schwanz und zog ihn wohlbehalten ans trockene Ufer.

Der arme Hund konnte sich nicht mehr auf den Beinen halten. Ohne es zu wollen, hatte er so viel Salzwasser geschluckt, dass er wie ein Ballon aufgeblasen war. Im Übrigen traute ihm der hölzerne Junge nicht allzu sehr und hielt es für klüger, wieder ins Meer zurückzuspringen. Und während er sich vom Strand entfernte, rief er dem geretteten Freund zu:

»Leb wohl, Alidoro; gute Reise und viele Grüße zu Hause!«

»Leb wohl, Pinocchio!«, erwiderte der Hund. »Tausend Dank, dass du mich vor dem Tod errettet hast. Du hast mir einen großen Dienst erwiesen, und auf dieser Welt wird einem eine gute Tat auch vergolten. Wenn sich die Gelegenheit bietet, sprechen wir uns wieder.«

Pinocchio schwamm immer weiter am Ufer entlang. Schließlich schien er an einen sicheren Ort gelangt zu sein. Er warf einen Blick zum Strand und entdeckte unter Felsklippen eine Art Grotte, aus der eine lange Rauchschwade emporstieg.

»In dieser Grotte«, sagte er sich, »muss ein Feuer brennen. Umso besser! Da will ich mich trocknen und wärmen, und dann ... Und dann mag da kommen, was will.«

Nach diesem Entschluss schwamm er auf das Felsenriff zu; als er aber hinaufklettern wollte, spürte er, wie unter Wasser etwas immer höher stieg und ihn in die Luft hob. Er versuchte sofort zu entkommen, aber es war schon zu spät, denn zu seinem größten Entsetzen fand er sich in einem großen Netz gefangen, inmitten eines Gewimmels von Fischen jeglicher Form und Größe, die mit den Schwänzen schlugen und sich wehrten wie so viele Geschöpfe, wenn sie in Not sind.

Im gleichen Augenblick sah er, wie ein fürchterlicher Fischer aus der Grotte herauskam, der so grässlich wie ein Meeresungeheuer aussah. Anstelle von Haaren wucherte ein dichtes Gestrüpp aus grünem Gras auf seinem Kopf, grün waren seine Augen, grün war sein langer, langer Bart, der bis zum Boden herabhing. Er sah aus wie eine grüne Rieseneidechse, die auf den Hinterbeinen steht.

Als der Fischer das Netz aus dem Meer gezogen hatte, rief er ganz zufrieden:

»Gepriesen sei die Vorsehung! Auch heute kann ich mir den Wanst wieder mit Fischen vollschlagen.«

»Zum Glück bin ich kein Fisch!«, sagte sich Pinocchio und fasste wieder etwas Mut.

Das Netz voller Fische wurde in die Grotte gebracht, eine dunkle, verräucherte Höhle, in deren Mitte eine Pfanne mit Öl brutzelte, das einen Gestank von schwelenden Kerzendochten verströmte, dass es einem schier den Atem abschnitt.

»Nun, wollen wir einmal sehen, was für Fische wir da gefangen haben«, sagte der grüne Fischer. Er steckte eine riesige Hand, die einer Bäckerschaufel glich, in das Netz und zog eine Handvoll Seebarben heraus.

»Gut, diese Seebarben!«, sagte er und betrachtete und beroch sie mit Behagen. Und nachdem er sie berochen hatte, warf er sie in einen Topf ohne Wasser.

Danach wiederholte er mehrmals die gleiche Prozedur. Und jedes Mal, wenn er die Fische aus dem Netz herauszog, lief ihm das Wasser im Mund zusammen, und er rief frohlockend:

»Gut, diese Schellfische!«

»Köstlich, diese Meeräschen!«

»Lecker, diese Seezungen!«

»Vorzüglich, diese Seebarsche!«

»Hervorragend, diese Sardellen mit Kopf!«

Wie ihr euch vorstellen könnt, landeten die Schellfische, die Meeräschen, die Seezungen, die Seebarsche und die Sardellen alle in dem gleichen Topf, um den Seebarben Gesellschaft zu leisten.

Als Letzter war Pinocchio noch im Netz.

Kaum hatte ihn der Fischer herausgezogen, riss er vor Staunen seine grünen Augen auf und rief fast erschrocken:

»Was ist denn das für eine Fischsorte? Ich kann mich nicht erinnern, jemals einen solchen Fisch gegessen zu haben!« Er prüfte ihn mit seinen Augen, und nachdem er ihn lange genug von allen Seiten betrachtet hatte, sagte er schließlich:

»Jetzt habe ich verstanden: Das muss ein Meerkrebs sein.«

Beleidigt, dass man ihn mit einem Meerkrebs verwechselt hatte, sagte Pinocchio erbost:

»Was heißt hier Krebs oder nicht Krebs? Wie springt Ihr denn mit mir um! Damit Ihr es wisst, ich bin eine Holzpuppe!«

»Eine Holzpuppe?«, erwiderte der Fischer. »Ein Holzpuppenfisch ist für mich ein ganz und gar neuer Fisch. Um so besser: Dich esse ich darum mit noch größerem Appetit.«

»Mich essen? Aber wollt Ihr nicht verstehen, dass ich kein Fisch bin? Oder merkt Ihr denn nicht, dass ich spreche und denke wie Ihr auch?«

»Das stimmt wahrhaftig«, entgegnete der Fischer, »und da ich sehe, dass du ein Fisch bist, der das Glück hat, wie ich sprechen und denken zu können, will ich dir die gebührende Aufmerksamkeit zukommen lassen.«

»Und worin soll diese Aufmerksamkeit bestehen?«

»Zum Zeichen meiner Freundschaft und besonderen Wertschätzung überlasse ich dir die Wahl, wie du zubereitet werden willst. Möchtest du in der Pfanne gebraten werden, oder ziehst du es vor, im Tiegel mit einer Tomatensauce gekocht zu werden?«

»Um ganz ehrlich zu sein«, antwortete Pinocchio, »wenn ich die Wahl habe, möchte ich lieber freigelassen werden, damit ich nach Hause zurückkehren kann.«

»Du scherzest wohl! Glaubst du etwa, ich lasse mir die Gelegenheit entgehen, einen so seltenen Fisch zu kosten? Ein Holzpuppenfisch schwimmt nicht alle Tage in diesem Meer. Lass mich nur machen: Ich bereite dich zusammen mit all den anderen Fischen in der Pfanne zu, und damit sollst du zufrieden sein. Es ist immer ein Trost, in Gesellschaft gebraten zu werden!«

Der unglückliche Pinocchio begann bei dieser Rede, die nichts Gutes ahnen ließ, zu weinen, zu schreien und zu jammern. Unter Tränen sagte er:

»Wie viel besser wäre es gewesen, wenn ich in die Schule gegangen wäre! – Ich habe nur auf die Kameraden gehört, und jetzt muss ich dafür büßen! Hu, hu, hu!«

Und da er wie ein Aal zappelte und unglaubliche Anstrengungen machte, um den Klauen des grünen Fischers zu entrinnen, nahm dieser einen starken Binsenhalm und warf ihn, nachdem er ihn an Händen und Füßen wie eine Salamiwurst zusammengebunden hatte, zu den anderen in den Topf.

Dann holte er einen großen Holzteller voll Mehl hervor und bestrich alle Fische mit Mehl, und als er schließlich damit fertig war, warf er sie zum Braten in die Pfanne.

Die ersten, die im siedenden Öl tanzten, waren die armen Schellfische, dann ging es den Seebarben an den Kragen, dann den Meeräschen, dann den Seezungen und den Sardellen, und dann kam Pinocchio an die Reihe. Als dieser den Tod vor Augen sah (und was für einen fürchterlichen Tod!), erfasste ihn ein solches Zittern und Entsetzen, dass er weder Stimme noch Luft hatte, um Gnade zu erflehen.

Der arme Junge flehte mit seinen Augen! Aber der grüne Fischer, ohne ihn weiter zu beachten, wälzte ihn fünf- oder sechsmal in Mehl, von Kopf bis Fuß, und zwar so gut, dass er wie ein Junge aus Gips aussah.

Dann packte er ihn am Kopf und …

XXIX

Pinocchio kehrt zum Haus der Fee zurück, die ihm verspricht, dass er vom nächsten Tag an keine Holzpuppe, sondern ein Junge sein wird. Großer Kinderkaffee, um das bedeutende Ereignis zu feiern

Als der Fischer drauf und dran war, Pinocchio in die Pfanne zu werfen, erschien ein großer Hund in der Grotte, der von dem starken, leckeren Bratengeruch angelockt worden war.

»Hau ab!«, schnauzte ihn der Fischer drohend an und hielt dabei immer noch den mehlbestäubten Pinocchio in der Hand.

Aber der arme Hund hatte einen Mordshunger, er winselte und wedelte mit dem Schwanz, als wollte er sagen:

»Gib mir eine gute Portion von dem Gebratenen, dann lasse ich dich in Ruhe.«

»Hau ab, sage ich!«, wiederholte der Fischer. Dabei holte er mit dem Bein aus, um ihm einen Fußtritt zu geben.

Der Hund aber, mit dem, wenn er hungrig war, nicht gut Kirschen essen war, drehte sich zähnefletschend nach dem Fischer um und zeigte ihm sein furchterregendes Gebiss.

Da konnte man aus der Grotte ein ganz schwaches Stimmchen vernehmen:

»Rette mich, Alidoro! Wenn du mich nicht rettest, werde ich gebraten!«

Der Hund erkannte sofort Pinocchios Stimme und sah zu seinem größten Erstaunen, dass das Stimmchen aus dem mehligen Bündel kam, das der Fischer in Händen hielt.

Was tat er? Er machte einen gewaltigen Satz, schnappte sich das Bündel, hielt es vorsichtig zwischen den Zähnen, sauste aus der Grotte und war weg wie der Blitz.

Der Fischer, außer sich vor Wut, dass man ihm einen Fisch entrissen hatte, den er nur zu gern verspeist hätte, versuchte, dem Hund nachzulaufen, aber nach wenigen Schritten bekam er einen Hustenanfall und musste umkehren.

Inzwischen hatte Alidoro den schmalen Weg, der zum Dorf führte, erreicht. Er hielt an und setzte seinen Freund Pinocchio sanft zu Boden.

»Wie kann ich dir nur danken!«, sagte der hölzerne Junge.

»Keine Ursache«, antwortete der Hund. – »Du hast ja auch mich gerettet. Jede gute Tat wird belohnt. Man weiß doch: Auf dieser Welt müssen alle einander helfen.«

»Aber wie bist du denn in diese Grotte gelangt?«

»Ich lag immer noch mehr tot als lebendig am Strand, als der Wind mir aus der Ferne den Duft gebratener Fische herwehte. Dieser Duft machte mir Appetit, und so ging ich ihm nach. Wäre ich eine Minute später gekommen …«

»Sag es nicht!«, heulte Pinocchio, der immer noch vor Angst zitterte. »Sag es nicht! Wärst du eine Minute später gekommen, dann wäre ich jetzt gebraten, verspeist und verdaut. Brr! – Mir läuft es kalt über den Rücken, wenn ich nur daran denke!«

Alidoro lachte und streckte dem hölzernen Jungen die rechte Vorderpfote hin, der sie als Zeichen wahrer Freundschaft ganz fest drückte. Dann gingen sie auseinander.

Der Hund machte sich auf den Heimweg, und Pinocchio, der allein zurückgeblieben war, ging zu einer nahen Hütte und fragte einen Alten, der unter der Tür stand, um sich an der Sonne zu wärmen:

»Sagt, werter Herr, habt Ihr nichts von einem armen Jungen, der am Kopf verletzt ist und Eugenio heißt, gehört?«

»Der Junge wurde von ein paar Fischern in diese Hütte gebracht, und jetzt …«

»Und jetzt ist er wohl tot!«, unterbrach ihn Pinocchio in großem Schmerz.

»Nein, er lebt und ist schon wieder nach Hause zurückgekehrt.«

»Wirklich? Wirklich?«, rief der hölzerne Junge und tanzte vor Freude. »Dann war die Verletzung also nicht so schwer?«

»Aber sie hätte ganz übel, sogar tödlich sein können«, antwortete der Alte, »weil man ihm ein dickes Buch mit einem festen Einband an den Kopf geworfen hat.«

»Und wer hat es getan?«

»Ein Schulkamerad von ihm, ein gewisser Pinocchio.«

»Und wer ist dieser Pinocchio?«, fragte der hölzerne Junge, der sich dumm stellte.

»Man sagt, er sei ein schlimmer Lausejunge, ein Herumtreiber, ein übles Früchtchen.«

»Verleumdungen, alles Verleumdungen!«

»Kennst du diesen Pinocchio?«

»Vom Sehen«, antwortete der hölzerne Junge.

»Und was hältst du von ihm?«, fragte ihn der Alte.

»Mir scheint er ein ganz braver Junge zu sein, der gerne lernt, der gehorcht und seinen Vater und seine Familie liebt …«

Während der hölzerne Junge das Blaue vom Himmel log, fasste er sich an die Nase und musste feststellen, dass sie eine Handbreite länger geworden war. Völlig verängstigt fing er an zu schreien:

»Werter Herr, glaubt bloß nicht an all das Gute, das ich von ihm berichtet habe. Ich kenne Pinocchio ganz genau, und auch ich kann Euch nur bestätigen, dass er ein ungehorsamer Lausebengel und Faulenzer ist, der, anstatt in die Schule zu gehen, mit seinen Kameraden Streiche ausheckt.«

Kaum hatte er das gesagt, wurde seine Nase kürzer und bekam ihre ursprüngliche Größe wieder.

»Und warum bist du so weiß?«, fragte ihn plötzlich der Alte.

»Ich will es Euch sagen –, ohne dass ich es bemerkte, habe ich eine frischgekalkte Mauer gestreift«, antwortete der hölzerne Junge, der sich schämte, zuzugeben, dass er wie ein Fisch in Mehl gewälzt worden war, um anschließend in der Bratpfanne zu landen.

»Aber was hast du mit deinem Jäckchen, deinen Schuhen und deinem Hütchen gemacht?«

»Die Räuber haben mir unterwegs die Kleider vom Leib gerissen. Sagt, guter Alter, habt Ihr nicht zufällig ein paar Kleider, dass ich mich nach Hause trauen kann?«

»Mein lieber Junge, an Kleidern habe ich nur ein kleines Säckchen, in dem ich Lupinen aufbewahre. Wenn du willst, ziehe es an, da hast du es.«

Und Pinocchio ließ es sich nicht zweimal sagen: Er nahm sogleich das leere Lupinensäckchen, und nachdem er mit der Schere am Boden ein kleines Loch und an den Seiten zwei Löcher geschnitten hatte, zog er es wie ein Hemd über. Derart leicht bekleidet machte er sich zum Dorf auf.

Aber unterwegs war ihm keinesfalls wohl zumute, so dass er bald einen Schritt vorwärts, bald einen Schritt rückwärts machte, und er sprach zu sich selbst:

»Wie trete ich nur meiner lieben guten Fee vor Augen? Was wird sie sagen, wenn sie mich sieht? – Wird sie mir diesen zweiten Streich verzeihen? – Ich wette, sie verzeiht ihn mir nicht. Ach, sie verzeiht ihn mir gewiss nicht! Aber ich bin selbst schuld, weil ich ein Schlingel bin, der immer nur Besserung gelobt und nie sein Wort hält.«

Es war schon stockfinstere Nacht, als er ins Dorf kam, und da schlechtes Wetter war und es in Strömen goss, ging er schnurstracks zum Haus der Fee, entschlossen, an die Tür zu klopfen und um Einlass zu bitten.

Als er aber vor der Tür stand, fiel ihm das Herz in die Hose, und statt zu klopfen, lief er zwanzig Schritte weiter. Dann kehrte er ein zweites Mal zur Tür zurück und hatte abermals keinen Mut zu klopfen; dann kam er ein drittes Mal, und wiederum konnte er sich kein Herz fassen. Das vierte Mal schließlich nahm er zitternd den eisernen Türklopfer in die Hand und klopfte ganz zaghaft.

Er wartete und wartete. Nach einer halben Stunde schließlich öffnete sich ein Fenster im obersten Stockwerk (das Haus hatte vier Geschosse), und Pinocchio sah, wie eine große Schnecke mit einem Lichtchen auf dem Kopf am Fenster erschien. Sie sagte:

»Wer klopft da noch so spät?«

»Ist die Fee zu Hause?«, fragte der hölzerne Junge.

»Die Fee schläft und will nicht geweckt werden; wer bist denn du?«

»Ich bin's.«

»Wer ich?«

»Pinocchio.«

»Wer ist Pinocchio?«

»Der hölzerne Junge, der bei der Fee lebt.«

»Ah, ich verstehe«, sagte die Schnecke, »warte dort auf mich. Ich komme gleich runter und mache dir sofort auf.«

»Beeilt Euch, um Gottes willen, denn ich sterbe vor Kälte.«

»Mein Junge, ich bin eine Schnecke und Schnecken sind niemals in Eile.«

Inzwischen verging eine Stunde, vergingen zwei Stunden, und die Tür öffnete sich nicht. Da fasste sich Pinocchio, der vor Kälte, Angst und Nässe zitterte, ein Herz und klopfte ein zweites Mal, diesmal lauter.

Auf dieses zweite Klopfen hin öffnete sich ein Stockwerk tiefer ein Fenster, und es erschien wieder die gleiche Schnecke.

»Liebes Schneckchen«, rief Pinocchio von der Straße hoch,

»ich warte schon zwei Stunden auf Euch! Und zwei Stunden an einem so hässlichen Abend werden einem länger als zwei Jahre. Beeilt Euch, um Himmels willen.«

»Mein lieber Junge«, antwortete ihm vom Fenster aus das Tierchen in aller Gelassenheit und Schneckenhaftigkeit, »mein lieber Junge, ich bin eine Schnecke, und Schnecken sind niemals in Eile.«

Und das Fenster schloss sich wieder.

Kurz darauf schlug es Mitternacht, dann ein Uhr, dann zwei Uhr, und die Tür war immer noch zu.

Da verlor Pinocchio die Geduld. Wütend ergriff er den Türklopfer, um mit dem Schlag das ganze Haus erdröhnen zu lassen. Aber der eiserne Türklopfer verwandelte sich plötzlich in einen lebendigen Aal, der seiner Hand entglitt und in einem Rinnsal auf der Straße verschwand.

»Aha!«, schrie Pinocchio immer wütender. »Wenn der Türklopfer verschwunden ist, werde ich eben die Türe mit Fußtritten bearbeiten.«

Er trat ein wenig zurück und versetzte der Haustür einen gewaltigen Fußtritt. Der war so gewaltig, dass sein Fuß bis zur Hälfte in das Holz eindrang. Und als der hölzerne Junge versuchte, ihn wieder herauszuziehen, war alle Mühe vergeblich, weil der Fuß wie ein vernieteter Nagel drinsteckte.

Stellt euch den armen Pinocchio vor! Die ganze Nacht musste er mit einem Fuß am Boden und dem anderen in der Luft verbringen.

Im Morgengrauen öffnete sich endlich die Tür. Das gute Tierchen von einer Schnecke hatte, um vom vierten Stockwerk zum Hauseingang zu gelangen, nur neun Stunden gebraucht. Man muss schon sagen, dass sie mächtig ins Schwitzen geraten war.

»Was machst denn du da mit dem Fuß in der Haustür?«, fragte sie den hölzernen Jungen und lachte.

»Es war ein Missgeschick. Versucht doch, schönes Schneckchen, mich von dieser Folter zu befreien.«

»Mein Junge, dazu braucht man einen Schreiner, und ich habe noch nie als Schreinerin gearbeitet.«

»Bittet die Fee in meinem Namen ...«

»Die Fee schläft und will nicht aufgeweckt werden.«

»Aber was soll ich denn, an die Tür genagelt wie ich bin, den lieben langen Tag machen?«

»Vergnüge dich damit, die Ameisen zu zählen, die auf der Straße vorbeikommen.«

»Bringt mir wenigstens etwas zum Essen, ich fühle mich schon ganz elend.«

»Sofort!«, sagte die Schnecke.

In der Tat, nach dreieinhalb Stunden, sah Pinocchio, wie sie mit einem silbernen Tablett auf dem Kopf zurückkehrte. Auf dem Tablett lagen ein Brot, ein gebratenes Hähnchen und vier reife Aprikosen.

»Hier ist das Frühstück, das Euch die Fee schickt«, sagte die Schnecke.

Beim Anblick dieser himmlischen Gabe wurde dem hölzernen Jungen ganz wohl ums Herz. Aber wie groß war seine Enttäuschung, als er zu essen anfing und feststellen musste, dass das Brot aus Gips, das Hähnchen aus Pappe und die vier Aprikosen aus täuschend echt gefärbtem Alabaster waren.

Er wollte weinen, er verzweifelte schier, wollte das silberne Tablett mit allem, was darauf war, von sich stoßen. Stattdessen fiel er – ob nun der Schmerz oder die große Leere in seinem Magen der Grund war – in Ohnmacht.

Als er wieder zu sich kam, fand er sich auf einem Sofa wieder, und neben ihm war die Fee.

»Auch dieses Mal verzeihe ich dir«,

sagte die Fee, »aber wehe dir, wenn du mir noch einmal einen solchen Streich spielst!«

Pinocchio versprach und schwor, dass er von nun an fleißig lernen und sich immer gut betragen wolle. Und er hielt für den Rest des Jahres Wort. Und tatsächlich wurde ihm bei den Abschlussprüfungen vor den Ferien die Ehre zuteil, der Beste der ganzen Schule zu sein. Und sein Betragen wurde allgemein für so lobenswert und tadellos befunden, dass die Fee voller Zufriedenheit zu ihm sagte:

»Morgen wird endlich dein Wunsch in Erfüllung gehen.«

»Was für einer denn?«

»Von morgen an wirst du nicht mehr eine Holzpuppe, sondern ein wirklicher Junge sein.«

Wer Pinocchios Freude über diese sehnsüchtig erwartete Nachricht nicht selbst miterlebt hat, wird sie sich nie vorstellen können. Alle seine Freunde und Schulkameraden sollten am nächsten Tag zu einem großen Kinderkaffee im Haus der Fee eingeladen werden, um gemeinsam das große Ereignis zu feiern. Die Fee wollte zweihundert Tassen Milchkaffee kochen und vierhundert Brötchen oben und unten mit Butter bestreichen lassen. Dieser Tag versprach, sehr schön und fröhlich zu werden, aber …

Leider gibt es im Leben der Holzpuppen immer ein Aber, das alles zunichtemacht.

XXX

Statt ein richtiger Junge zu werden, macht sich Pinocchio heimlich mit seinem Freund Docht ins Spielzeugland auf

Natürlich bat Pinocchio sogleich die Fee um die Erlaubnis, in die Stadt gehen zu dürfen, um seine Freunde einzuladen. Die Fee sagte zu ihm:

»Geh nur und lade deine Freunde für morgen zum Kaffee ein, aber vergiss nicht, vor Einbruch der Dunkelheit zurück zu sein. Hast du verstanden?«

»Ich verspreche, in einer Stunde zurück zu sein«, antwortete der hölzerne Junge.

»Pass auf, Pinocchio! Jungen machen schnell Versprechungen, denken aber meistens zu spät daran, sie zu halten.«

»Aber ich bin nicht so wie die anderen. Wenn ich etwas verspreche, halte ich es auch.«

»Wir werden sehen. Wenn du nicht gehorchst, wirst du schon sehen …«

»Warum?«

»Weil Kinder, die nicht auf die Ratschläge von Leuten hören, die klüger sind als sie, immer in irgendein Unglück hineinrennen.«

»Ich habe es am eigenen Leib zu spüren bekommen!«, sagte Pinocchio. »Aber jetzt falle ich nicht mehr in diesen Fehler zurück.«

»Wir werden sehen, ob du die Wahrheit sagst.«

Ohne noch etwas zu sagen, verabschiedete er sich von seiner lieben Fee, die für ihn so etwas wie eine Mutter geworden war, und singend und tanzend ging er zur Tür hinaus.

In wenig mehr als einer Stunde waren alle seine Freunde eingeladen. Einige nahmen die Einladung sofort und freudig an, die anderen ließen sich zuerst etwas bitten, aber als sie erfuhren, dass die Brötchen zum Eintauchen in den Milchkaffee auch von außen mit Butter bestrichen werden sollten, sagten schließlich alle: »Wir werden auch kommen, um dir eine Freude zu machen.«

Nun sollt ihr wissen, dass Pinocchio von seinen Freunden und Schulkameraden einen besonders ins Herz geschlossen hatte. Er hieß Romeo, aber alle nannten ihn mit seinem Spitznamen ›Docht‹, denn er hatte ein so schmales, dürres, ausgezehrtes Figürchen wie der neue Docht eines Nachtlichtes.

Docht war der größte Faulpelz und Taugenichts der ganzen Schule, aber Pinocchio mochte ihn trotzdem sehr gern. Er ging sogleich bei ihm zu Hause vorbei, um ihn zum Kaffee einzuladen, traf ihn aber nicht an. Er ging ein zweites Mal vorbei, aber er war nicht da. Auch ein drittes Mal machte er den Weg umsonst.

Wo mochte er nur stecken? Er suchte ihn bald hier, bald dort, schließlich entdeckte er ihn unter dem Torbogen eines Bauernhauses versteckt.

»Was machst du denn hier?«, fragte ihn Pinocchio und ging auf ihn zu.

»Ich warte bis Mitternacht, um abzureisen.«

»Wohin geht die Reise?«

»Weit, weit weg.«

»Und ich bin dreimal bei dir zu Hause gewesen und habe dich gesucht …«

»Was wolltest du von mir?«

»Hast du denn nichts von dem großen Ereignis gehört? Weißt du denn gar nichts von meinem Glück?«

»Was für ein Glück?«

»Ab morgen bin ich keine Holzpuppe mehr, sondern ein Junge wie du und alle anderen.«

»Wohl bekomm's!«

»Ich erwarte dich morgen bei mir zum Kaffee.«

»Wenn ich dir doch sage, dass ich heute Abend verreise.«

»Um wie viel Uhr?«

»Bald.«

»Und wohin geht die Reise?«

»Ich ziehe in ein Land, das das schönste auf der ganzen Welt ist: ein wahres Schlaraffenland.«

»Und wie heißt es?«

»Spielzeugland. Warum kommst du nicht mit?«

»Ich? Nein, wirklich nicht!«

»Das ist aber dumm von dir, Pinocchio! Glaube mir, wenn du nicht mitkommst, wird es dich reuen. Wo willst du ein Land finden, das für uns Jungen schöner wäre? Dort gibt es keine Schule, dort gibt es keine Lehrer, dort gibt es keine Bücher. In diesem gesegneten Land braucht man nie zu lernen. Der Donnerstag ist schulfrei, und jede Woche hat sechs Donnerstage und einen Sonntag. Stell dir vor, die Sommerferien beginnen am ersten Januar und enden an Silvester. Das ist ein Land, wie es mir gefallen kann! So müssten alle zivilisierten Länder sein!«

»Womit verbringt man die Tage im Spielzeugland?«

»Man spielt und vergnügt sich von früh bis spät. Abends geht man schließlich ins Bett, und am nächsten Morgen beginnt man von Neuem. Wie findest du das?«

»Hm!«, machte Pinocchio und wiegte leicht den Kopf, als wolle er sagen: »So ein Leben würde ich auch gerne führen.«

»Willst du also mit mir gehen? Ja oder nein? Entscheide dich.«

»Nein, nein, nein und nochmals nein. Ich habe gerade meiner guten Fee versprochen, ein braver Junge zu werden und möchte mein Versprechen halten. Da ich sehe, dass die Sonne untergeht, sage ich dir vielmehr jetzt ade und mache mich aus dem Staub. Also lebe wohl und gute Reise.«

»Wohin rennst du denn so eilig?«

»Nach Hause. Meine gute Fee will, dass ich, bevor es Nacht wird, zurück bin.«

»Warte noch zwei Minuten.«

»Dann komme ich zu spät.«

»Nur zwei Minuten.«

»Und wenn mich dann die Fee ausschimpft?«

»Dann lass sie doch schimpfen. Und wenn sie genug geschimpft hat, wird sie sich auch wieder beruhigen«, sagte dieser Nichtsnutz von einem Docht.

»Reist du eigentlich allein oder in Gesellschaft?«

»Allein? Wir sind über hundert Jungen.«

»Und geht ihr zu Fuß?«

»Bald kommt hier ein Wagen vorbei, der mich mitnimmt und uns mitten in dieses glückselige Land bringt.«

»Was gäbe ich darum, wenn der Wagen jetzt vorbeikäme!«

»Warum?«

»Um euch alle abfahren zu sehen.«

»Bleibe noch ein wenig, dann wirst du uns sehen.«

»Nein, nein: Ich will nach Hause gehen.«

»Warte doch noch zwei Minuten.«

»Ich habe schon zu lange herumgetrödelt. Die Fee wird sich schon Sorgen machen.«

»Arme Fee! Vielleicht hat sie Angst, die Fledermäuse könnten dich fressen?«

»Also«, vergewisserte sich Pinocchio, »bist du auch wirklich sicher, dass es in diesem Land keine Schulen gibt?«

»Keine Spur.«

»Und keine Lehrer?«

»Keinen einzigen.«

»Und muss man überhaupt nie lernen?«

»Nie, nie, nie!«

»Was für ein herrliches Land!«, jubelte Pinocchio, dem das Wasser im Mund zusammenlief. »Was für ein herrliches Land! Ich war noch nie dort, aber ich kann es mir vorstellen.«

»Warum kommst du nicht auch mit?«

»Gib dir keine Mühe, du kannst mich nicht überreden! Ich habe gerade meiner guten Fee versprochen, ein vernünftiger Junge zu werden, und ich will mein Wort nicht brechen.«

»Also ade, und grüß mir alle Gymnasien, und auch die Realschulen, wenn du unterwegs an welchen vorbeikommst.«

»Leb wohl, Docht. Gute Reise, viel Spaß und denke ab und zu an deine Freunde.«

Darauf machte der hölzerne Junge zwei Schritte, als wollte er wirklich gehen; aber dann blieb er stehen, drehte sich um und fragte den Freund:

»Bist du denn ganz sicher, dass in jenem Land alle Wochen sechs Donnerstage und einen Sonntag haben?«

»Ganz sicher!«

»Weißt du auch ganz bestimmt, dass die Ferien am ersten Januar beginnen und an Silvester enden?«

»Ganz bestimmt!«

»Was für ein herrliches Land!«, sagte Pinocchio abermals und spuckte vor lauter Begeisterung aus. Dann gab er sich einen Ruck und sagte in großer Eile:

»Also dann ade und gute Reise!«

»Ade!«

»Wann reist ihr eigentlich ab?«

»Bald.«

»Schade! Wenn es nur noch eine Stunde bis zu eurer Abfahrt dauerte, wäre ich glatt imstande zu warten.«

»Und die Fee?«

»Jetzt bin ich eh zu spät –, und ob ich nun eine Stunde früher oder später nach Hause komme, spielt keine Rolle.«

»Armer Pinocchio! Und wenn die Fee dich ausschimpft?«

»Na, und? Soll sie doch schimpfen. Wenn sie lange genug geschimpft hat, wird sie sich auch wieder beruhigen.«

Inzwischen war es Nacht, stockfinstere Nacht geworden. Mit einem Mal sahen sie in der Ferne, wie sich ein Lichtlein bewegte, und sie hörten Glöckchen klingeln und Trompeten blasen, aber so leise und gedämpft, dass es sich wie das Summen einer Mücke anhörte.

»Da kommt er!«, rief Docht und sprang auf.

»Wer?«, flüsterte Pinocchio.

»Der Wagen, der mich abholt. Also kommst du jetzt mit oder nicht?«

»Aber ist das wirklich wahr«, fragte der hölzerne Junge, »dass in diesem Land die Jungen niemals lernen müssen?«

»Nie, nie und noch mal nie!«

»Was für ein herrliches Land, was für ein herrliches Land, was für ein herrliches Land!«

XXXI

Nach fünf Monaten im Schlaraffenland merkt Pinocchio zu seinem größten Erstaunen, dass ihm zwei Eselsohren wachsen, und er wird ein Eselchen mit Schwanz und allem, was dazugehört

Endlich kam der Wagen an, und zwar völlig geräuschlos, weil seine Räder mit Werg und Lumpen umwickelt waren.

Er wurde von zwölf kleinen Eselsgespannen gezogen. Die Eselchen waren alle gleich groß, aber von unterschiedlicher Fellfärbung.

Einige waren grau, einige weiß, andere waren wie Pfeffer und Salz gesprenkelt, und wiederum andere hatten breite gelbe und blaue Streifen.

Aber das Seltsamste war, dass diese zwölf Gespanne oder vierundzwanzig Eselchen nicht wie alle anderen Zug- oder Lasttiere mit Eisen beschlagen waren, sondern wie die Menschen weiße Rindslederstiefelchen trugen. Und der Kutscher des Wagens?

Stellt euch ein Männchen vor, mehr breit als hoch, weich und fett wie eine Butterkugel mit einem rosigen Apfelgesichtchen, einem stets lachenden Mündchen und einem sanften und liebkosenden Stimmchen wie das einer Katze, die sich ins gute Herz der Herrin einschmeicheln will.

Alle Jungen waren in ihn vernarrt, sobald sie ihn nur sahen, und kletterten um die Wette auf seinen Wagen, um sich von ihm in jenes echte Schlaraffenland kutschieren zu lassen, das auf der Landkarte unter dem verführerischen Namen ›Spielzeugland‹ eingezeichnet ist.

Der Wagen war tatsächlich schon voll von acht- bis zwölfjährigen Jungen, die wie Heringe im Fass übereinanderlagen. Sie hatten es alles andere als bequem, es herrschte eine solche Enge, dass sie kaum mehr atmen konnten. Aber keiner sagte »au«, keiner beklagte sich. Die tröstliche Gewissheit, in wenigen Stunden in diesem Land zu sein, in dem es weder Bücher noch Schulen, noch Lehrer gab, stimmte sie so glücklich und zufrieden, dass sie weder von den Unbequemlichkeiten und Strapazen etwas spürten noch Hunger oder Durst hatten oder müde waren.

Gleich nachdem der Wagen angehalten hatte, wandte sich das Männchen mit tausend Grimassen und Artigkeiten an Docht und fragte ihn lächelnd:

»Sag, mein schöner Junge, willst du auch in das glückliche Land mitkommen?«

»Natürlich will ich mitkommen.«

»Mein Schatz, ich muss dir aber sagen, dass im Wagen kein Platz mehr ist. Wie du siehst, ist alles voll.«

»Na gut!«, antwortete Docht. »Wenn es drinnen keinen Platz mehr gibt, dann setze ich mich eben auf die Wagendeichsel.«

Er machte einen Sprung und schon saß er rittlings auf der Deichsel.

»Und du, mein Liebling«, wandte sich das Männchen mit einer artigen Verbeugung an Pinocchio, »was hast du vor? Kommst du mit uns oder bleibst du hier?«

»Ich bleibe hier«, antwortete Pinocchio. »Ich will nach Hause gehen: Ich möchte lernen und in der Schule Ehre einlegen, wie alle ordentlichen Jungen.«

»Wohl bekomme es dir!«

»Pinocchio!«, sagte darauf Docht. »Hör auf mich: Komm mit uns, wir werden lustig sein.«

»Nein, nein, nein!«

»Komm mit uns, wir werden lustig sein«, riefen vier Stimmen aus dem Wageninnern.

»Komm mit uns, wir werden lustig sein«, dröhnte es von hundert Stimmen aus dem Wageninnern.

»Und wenn ich mit euch gehe, was wird da meine gute Fee sagen?«, sagte der hölzerne Junge, der allmählich schwach und wankend wurde.

»Zerbrich dir nicht den Kopf mit so viel Trübsal. Denke lieber daran, dass wir in ein Land fahren, wo wir uns nach Lust und Laune von früh bis spät austoben können.«

Pinocchio sagte nichts, stieß aber einen Seufzer aus, dann noch einen und noch einen dritten. Schließlich sagte er:

»Macht mir ein bisschen Platz, ich will auch mitkommen.«

»Alle Plätze sind besetzt«, sagte das Männchen, »um dir aber zu beweisen, wie sehr du willkommen bist, will ich dir meinen Kutschersitz überlassen.«

»Und Ihr?«

»Ich gehe zu Fuß.«

»Nein wirklich, das lasse ich nicht zu. Lieber setze ich mich auf den Rücken eines dieser Eselchen«, rief Pinocchio.

Gesagt, getan. Er ging auf das Eselchen rechts im ersten Gespann zu und wollte aufsitzen. Aber das Tierchen drehte sich plötzlich um und verpasste ihm mit dem Maul einen kräftigen Schlag in die Magengegend und schleuderte ihn durch die Luft.

Stellt euch nur das freche, schallende Gelächter dieser Rasselbande vor, die das Schauspiel mit ansah.

Das Männchen jedoch lachte nicht. Liebevoll ging es auf das störrische Eselchen zu, tat so, als wollte es ihm einen Kuss geben und biss ihm mit einem Biss die Hälfte des rechten Ohrs ab.

Unterdessen hatte sich Pinocchio wütend vom Boden erhoben und sprang mit einem Satz auf den Rücken des armen Tieres. Und der Sprung war so großartig, dass die Jungen, die mittlerweile zu lachen aufgehört hatten, losschrien: »Es lebe Pinocchio!«, und unentwegt laut Beifall klatschten.

Da hob das Eselchen ganz unerwartet die beiden Hinterbeine hoch, tat einen gewaltigen Ruck und schleuderte den armen hölzernen Jungen auf einen Kieshaufen mitten auf der Straße.

Da gab es wiederum großes Gelächter. Aber das Männchen lachte nicht, sondern wurde von solcher Liebe zu dem störrischen Eselchen erfasst, dass es ihm mit einem Kuss glatt die

Hälfte des anderen Ohrs abbiss. Dann sagte es zu dem hölzernen Jungen:

»Sitz nur auf und habe keine Angst. Dieses Eselchen hatte ein paar Grillen im Kopf. Aber ich habe ihm einige Wörtchen ins Ohr geflüstert und hoffe, dass es nun wieder zahm und vernünftig ist.«

Pinocchio saß auf, und der Wagen setzte sich in Bewegung. Aber während die Eselchen galoppierten und der Wagen über die Kieselsteine der Hauptstraße holperte, war dem hölzernen Jungen, als hörte er eine leise, kaum vernehmbare Stimme, die zu ihm sagte:

»Armes Dummerchen, du hast wieder einmal deinen Kopf durchsetzen wollen. Das wirst du bereuen.«

Fast ängstlich blickte Pinocchio bald hierhin, bald dorthin, um festzustellen, woher diese Worte kamen. Er sah aber niemanden. Die Eselchen galoppierten, der Wagen eilte dahin, die Jungen im Wagen schliefen, Docht schnarchte wie ein Siebenschläfer, und das Männchen auf dem Kutschersitz trällerte vor sich hin:

»Alle Buben schlafen nachts
nur ich schlafe nie ...«

Nach einem weiteren halben Kilometer hörte Pinocchio wiederum das leise Stimmchen, das ihm zuflüsterte:

»Merke dir eines, du kleiner Dummkopf! Jungen, die aufhören zu lernen und den Büchern, den Schulen und den Lehrern den Rücken zukehren, um sich nur noch dem Spiel und dem Vergnügen hinzugeben, enden immer unglücklich. Ich weiß es aus eigener Erfahrung und kann es dir sagen. Es kommt der Tag, an dem auch du wehklagen wirst, so wie ich heute wehklage, aber dann ist es zu spät.«

Als er diese Worte flüstern hörte, erschrak der hölzerne Junge mehr denn je, sprang vom Rücken des Reittieres herunter und packte sein Eselchen am Maul.

Und stellt euch vor, wie ihm zumute war, als er sah, dass sein Eselchen weinte, richtig wie ein Junge weinte!

»He, Herr Männchen!«, rief da Pinocchio dem Wagenbesitzer zu, »wisst Ihr das Neueste? Dieses Eselchen weint.«

»Lass es weinen. Es wird wieder lachen, wenn es heiratet.«

»Habt Ihr ihm gar das Sprechen beigebracht?«

»Nein. Es hat von sich aus ein paar Brocken murmeln gelernt, weil es drei Jahre lang in Gesellschaft abgerichteter Hunde verbracht hat.«

»Armes Tier!«

»Los, los«, drängte das Männchen, »verlieren wir unsere Zeit nicht, indem wir einem Esel beim Weinen zusehen. Sitz wieder auf, und weiter geht es: Die Nacht ist kühl und der Weg noch weit.«

Pinocchio gehorchte ohne Widerrede. Der Wagen fuhr weiter, und im Morgengrauen kamen sie glücklich im Spielzeugland an.

Dieses Land glich keinem anderen auf dieser Welt. Seine Bevölkerung bestand nur aus Jungen. Die ältesten waren vierzehn, die jüngsten kaum acht Jahre alt. Auf den Straßen eine Ausgelassenheit, ein Lärmen und ein Kreischen, dass man schier den Verstand verlor! Überall Scharen von Lausbuben: Da spielten sie mit Nüssen, mit Steinchen, spielten Ball, fuhren Rad, ritten auf einem Schaukelpferd, spielten Blindekuh oder Fangen, und einige, als Clowns verkleidet, schluckten Feuer; da wurde vorgetragen und gesungen, dort schlug man Purzelbäume und machte sich einen Spaß daraus, auf den Händen zu gehen und die Beine in die Luft zu strecken; hier spielte einer mit Reifen, dort trat einer als General mit Papierhelm und Pappschwert auf; da wurde gelacht, geschrien, gerufen, in die Hände geklatscht, gepfiffen und gegackert, als habe man ein Ei gelegt, kurz, es herrschte ein Höllenlärm und wildes Gekreische, dass man sich Watte in die Ohren stopfen musste, wollte man nicht taub werden. Auf allen Plätzen gab es Theaterzelte, die von morgens bis abends brechend voll waren, und an allen Hauswänden las man, mit Kohle gekritzelt, die tollsten Sachen: »Es leben die Spiehle!«, (anstatt »Spiele«), »Wir wollen keine Schuhle« (anstatt »Schule«), »Nieder mit der Arin Metik« (statt »Arithmetik«) und ähnliche Blüten.

Kaum hatten Pinocchio, Docht und alle anderen Jungen, die die Reise mit dem Männchen gemacht hatten, einen Fuß in die Stadt gesetzt, stürzten sie sich auch mitten in das Getümmel, und nach wenigen Minuten waren sie mit allen befreundet, wie man sich denken kann. Wer sollte glücklicher und zufriedener sein als sie?

Bei dem ständigen Zeitvertreib mit den verschiedenartigsten Vergnügungen verflogen die Stunden, Tage und Wochen wie im Flug.

»Ach, was für ein schönes Leben!«, schwärmte Pinocchio jedes Mal, wenn er zufällig Docht begegnete.

»Siehst du jetzt ein, dass ich recht hatte?«, erwiderte der andere stets. »Und du wolltest nicht mitkommen! Und du hattest dir in den Kopf gesetzt, nach Hause zu deiner Fee zurückzukehren, um die Zeit mit Lernen zu vertun! Wenn du heute von den langweiligen Büchern und Schulen befreit bist, verdankst du das mir, meinen Ratschlägen, meinen Bemühungen, gibst du das zu? Nur wahre Freunde erweisen solch hohe Gunst.«

»Das ist wahr, Docht. Wenn ich heute ein wahrhaft zufriedener

Junge bin, ist dies nur dein Verdienst. Und weißt du, was der Lehrer immer über dich sagte? Er sagte immer zu mir: ›Verkehre nicht mit diesem Spitzbuben von einem Docht, denn Docht ist ein schlechter Kamerad und kann dir immer nur zum Schlechten raten.‹«

»Armer Lehrer!«, spottete der andere und schüttelte den Kopf. »Ich weiß nur zu genau, dass er mich nicht riechen konnte und seine Freude daran hatte, mich schlechtzumachen, ich aber bin großzügig und verzeihe ihm!«

»Hast du ein edles Herz!«, sagte Pinocchio und küsste den Freund stürmisch mitten auf die Stirn.

Fünf Monate hatte nun schon dieses schöne Schlaraffenleben gedauert, bei dem man den ganzen Tag mit Vergnügungen vertändelte, ohne je ein Buch oder eine Schule zu Gesicht zu bekommen, als Pinocchio eines Morgens beim Aufwachen eine böse Überraschung erlebte, die ihn in schlechte Laune versetzte.

XXXII

Pinocchio wachsen Eselsohren, und er wird ein richtiges Eselchen und schreit iah – iah

Und was war das für eine Überraschung?

Ich will es euch erzählen, meine lieben kleinen Leser. Die Überraschung war: Als Pinocchio aufwachte, kratzte er sich wie gewöhnlich am Kopf. Und als er sich so am Kopf kratzte, bemerkte er plötzlich …

Ratet doch mal, was bemerkte er plötzlich?

Er bemerkte zu seinem größten Entsetzen, dass seine Ohren um mehr als eine Handbreit gewachsen waren.

Ihr wisst, dass der hölzerne Junge von Geburt an ganz, ganz kleine Ohren hatte, die man mit bloßem Auge nicht einmal sah. Stellt euch vor, was er für ein Gesicht machte, als er feststellen musste, dass seine Ohren über Nacht so groß geworden waren wie zwei Strohbürsten.

Er suchte sogleich einen Spiegel, um sich darin zu betrachten. Als er keinen fand, füllte er die Waschschüssel mit Wasser und spiegelte sich darin. Er sah, was er lieber niemals gesehen hätte: Er sah nämlich sein Spiegelbild, das um ein paar prächtige Eselsohren schöner geworden war.

Ihr könnt euch selbst den Schmerz, die Scham und die Verzweiflung des armen Pinocchio vorstellen.

Er begann zu weinen, zu schreien, mit dem Kopf gegen die Wand zu stoßen. Aber je mehr er in Verzweiflung geriet, desto mehr wuchsen und wuchsen und wuchsen seine Ohren und bekamen Haare an den Spitzen.

Auf das durchdringende Geschrei trat in das Zimmer ein

schönes Murmeltier, das im Stockwerk darüber wohnte. Wie es den hölzernen Jungen in so heller Aufregung antraf, erkundigte es sich besorgt:

»Was hast du denn, mein lieber Hausgenosse?«

»Ich bin krank, mein liebes Murmeltierchen, sehr krank, und krank an einer Krankheit, die mir Angst macht. Verstehst du etwas vom Puls?«

»Ein wenig.«

»Fühl doch mal, ob ich etwa Fieber habe.«

Das Murmeltierchen hob die rechte Vorderpfote und sagte seufzend, nachdem es Pinocchios Puls gefühlt hatte:

»Mein Freund, es tut mir leid, ich muss dir eine schlimme Mitteilung machen.«

»Was für eine?«

»Du hast ein ganz schlimmes Fieber.«

»Was für ein Fieber?«

»Das Eselsfieber.«

»Wieso denn dieses Fieber«, fragte der hölzerne Junge, der sehr wohl begriffen hatte.

»Dann will ich es dir erklären«, sagte das Murmeltierchen.

»Wisse also, dass du in zwei bis drei Stunden keine Holzpuppe und auch kein Junge sein wirst …«

»Und was werde ich dann sein?«

»In zwei bis drei Stunden wirst du ein richtiges, leibhaftiges Eselchen sein, wie die, die man vor den Karren spannt und die den Kohl und den Salat zum Markt bringen.«

»Ach, ich Unglücklicher, ich Unglücklicher!«, jammerte Pinocchio und fasste sich mit den Händen an die beiden Ohren und zog und zerrte wütend daran, als wären es die Ohren eines anderen.

»Mein Lieber«, erwiderte das Murmeltierchen, um ihn zu trösten, »was kannst du denn daran ändern? Das ist nun mal Schicksal. Denn es steht in den Büchern der Weisheit, dass alle faulen Jungen, die Bücher, Schulen und Lehrer verabscheuen und ihre Tage mit Spielen und Vergnügungen verbringen, früher oder später unweigerlich kleine Esel werden.«

»Aber ist das wirklich wahr?«, schluchzte der hölzerne Junge.

»Das ist leider nur zu wahr. Da nützen alle Tränen nichts mehr. Du hättest früher daran denken müssen!«

»Aber es ist nicht meine Schuld, an allem ist Docht schuld, glaub es mir.«

»Und wer ist dieser Docht?«

»Ein Schulkamerad von mir. Ich wollte nach Hause zurück, ich wollte folgsam sein, ich wollte weiterlernen und mir Ehre machen, aber Docht sagte zu mir: ›Warum willst du dich mit Lernen abmühen, warum willst du in die Schule gehen? Komm mit mir ins Spielzeugland: Dort werden wir nicht mehr lernen, dort werden wir uns von morgens bis abends vergnügen.‹«

»Und warum hörtest du auf den Rat dieses falschen Freundes und schlechten Gefährten?«

»Warum? Weil ich, liebes Murmeltierchen, ein hölzerner Junge ohne Vernunft bin – und ohne Herz. Oh, hätte ich nur ein kleines bisschen Herz gehabt, hätte ich niemals jene gute Fee verlassen, die mich wie eine Mutter liebhatte und so viel für mich getan hat! – Dann wäre ich jetzt keine Holzpuppe mehr, sondern ein richtiger Junge, wie es viele gibt. Aber wehe, wenn ich Docht begegne! Dem werde ich die Meinung sagen!«

Er wollte gerade hinausgehen. Als er aber unter der Tür stand, fiel ihm ein, dass er Eselsohren hatte, und da er sich schämte, sie öffentlich zu zeigen, auf welchen Gedanken kam er da? Er nahm eine große Stoffmütze, setzte sie auf den Kopf und zog sie bis zur Nasenspitze herunter.

Dann ging er hinaus, um überall

nach Docht zu suchen. Er suchte ihn auf den Straßen, auf den Plätzen, in den Theaterzelten, überall, fand ihn aber nicht. Er fragte jeden, den er unterwegs traf, nach ihm, aber niemand hatte ihn gesehen.

Darauf suchte er ihn zu Hause und klopfte an seine Haustür.

»Wer ist da?«, fragte Docht von drinnen.

»Ich bin's«, antwortete der hölzerne Junge.

»Warte einen Augenblick, ich mache dir gleich auf.«

Eine halbe Stunde später öffnete sich die Tür. Stellt euch vor, wie erstaunt Pinocchio war, als er ins Zimmer trat und sah, dass sein Freund Docht eine große Stoffmütze auf dem Kopf hatte, die er bis zur Nasenspitze heruntergezogen hatte.

Der Anblick der Mütze schien ihn fast zu trösten, dachte er doch insgeheim: »Sollte mein Freund an der gleichen Krankheit leiden wie ich? Sollte auch er das Eselsfieber haben?«

Er tat so, als habe er nichts bemerkt und fragte ihn lächelnd:

»Wie geht es dir, mein lieber Docht?«

»Ausgezeichnet: wie einer Maus im Parmesankäse.«

»Sagst du das im Ernst?«

»Warum sollte ich dich anlügen?«

»Entschuldige, mein Freund, aber warum hast du denn diese Stoffmütze auf dem Kopf, die dir die Ohren bedeckt?«

»Der Arzt hat sie mir verschrieben, weil ich mich an diesem Knie verletzt habe. Und du, lieber Holzjunge, warum trägst du diese Stoffmütze, die bis zur Nasenspitze herabgezogen ist?«

»Der Arzt hat sie mir verschrieben, weil ich mir den Fuß aufgeschürft habe.«

»Oh! Armer Pinocchio!«

»Oh! Armer Docht!«

Auf diese Worte herrschte langes Schweigen, und während der ganzen Zeit schauten sich die beiden Freunde voller Spott an.

Schließlich säuselte Pinocchio mit einem honigsüßen Stimmchen seinem Gefährten zu:

»Befriedige meine Neugierde, mein lieber Docht: Hast du nie an einer Ohrenkrankheit gelitten?«

»Nie! Und du?«

»Nie! Übrigens: Seit heute Morgen tut mir ein Ohr weh.«

»Mir auch.«

»Auch dir? Und welches Ohr tut dir weh?«

»Beide. Und dir?«

»Beide. Ob das die gleiche Krankheit ist?«

»Ich fürchte, ja.«

»Tust du mir einen Gefallen, Docht?«

»Gern! Von ganzem Herzen!«

»Zeigst du mir deine Ohren?«

»Warum nicht? Aber zuerst will ich deine sehen, lieber Pinocchio.«

»Nein. Zeig du deine zuerst.«

»Nein, mein Lieber! Zuerst du und dann ich.«

»Also gut«, sagte der hölzerne Junge, »lass uns einen Pakt unter guten Freunden schließen.«

»Lass den Pakt hören!«

»Wir nehmen beide zur gleichen Zeit die Mütze ab. Einverstanden?«

»Einverstanden!«

»Also pass auf!« Und Pinocchio begann laut zu zählen: »Eins! Zwei! Drei!«

Bei drei nahmen die beiden Jungen ihre Mützen ab und warfen sie in die Luft.

Und nun spielte sich eine Szene ab, die unglaublich erscheinen könnte, wenn sie nicht wahr gewesen wäre. Folgendes geschah: Als nämlich Pinocchio und Docht sahen, dass sie von der gleichen Krankheit geschlagen waren, begannen sie, statt zu Tode betrübt und schmerzlich bewegt zu sein, sich gegenseitig mit ihren übermäßig langen Ohren zuzuwinken, und nach tausend Eseleien brachen sie in schallendes Gelächter aus.

Und sie lachten und lachten und lachten, dass sie sich den Bauch halten mussten. Aber mitten im schönsten Lachen verstummte Docht ganz plötzlich; taumelnd und bleich geworden, sagte er zu seinem Freund:

»Hilfe, Hilfe, Pinocchio!«

»Was hast du?«

»O weh, ich kann nicht mehr aufrecht auf den Beinen stehen.«

»Ich kann es auch nicht mehr«, schrie Pinocchio und weinte und taumelte.

Und während sie so sprachen, sanken beide auf alle viere zur Erde und begannen, auf Händen und Füßen im Kreis umherzugehen und durch das Zimmer zu rennen. Und während sie rannten, wurden ihre Arme zu Vorderbeinen, und ihre Gesichter wurden lang und länger und wurden zu Mäulern. Und schon waren ihre Rücken mit einem hellgrauen, schwarz gesprenkelten Fell bedeckt.

Aber wisst ihr, welches der fürchterlichste Augenblick für die beiden Unglücklichen war? Der fürchterlichste und demütigendste Augenblick war der, als sie merkten, dass ihnen hinten ein Schwanz wuchs. Überwältigt von Scham und Schmerz versuchten sie zu weinen und ihr Schicksal zu bejammern.

Hätten sie es nie versucht! Statt Seufzern und Klagen brachten sie nur Eselsgeschrei hervor. Und laut schreiend machten sie beide im Chor:

»Iah, iah, iah!«

In diesem Moment klopfte es an die Tür, und eine Stimme von draußen rief:

»Macht auf! Ich bin das Männchen, ich bin der Kutscher des Wagens, der euch in dieses Land brachte. Macht sofort auf, oder wehe euch!«

XXXIII

Nachdem Pinocchio ein richtiges Eselchen geworden ist, wird er zum Verkauf angeboten. Ein Zirkusdirektor kauft ihn, der ihm beibringen will, wie man tanzt und durch einen Reifen springt. Aber eines Abends wird er lahm und da kauft ihn ein anderer, der aus seinem Fell eine Trommel machen will

Als das Männchen sah, dass die Tür sich nicht öffnete, stieß es sie mit einem gewaltigen Fußtritt auf. Und wie es im Zimmer stand, sagte es mit seinem üblichen Lächeln zu Pinocchio und Docht:

»Recht so, ihr Jungen! Ihr habt schön ›iah‹ geschrien, und ich habe euch gleich an der Stimme erkannt. Und darum bin ich hier.«

Bei diesen Worten blieben die beiden Eselchen mucksmäuschenstill, senkten die Köpfe, ließen die Ohren hängen und zogen den Schwanz ein.

Zuerst strich das Männchen über ihr Fell und streichelte und befühlte sie. Dann holte es einen Striegel hervor und striegelte sie kräftig.

Und nachdem es sie so gestriegelt hatte, dass ihre Felle wie zwei Spiegel glänzten, legte es ihnen Halfter an und führte sie zum Marktplatz, in der Hoffnung, sie verkaufen zu können und einen stattlichen Gewinn einzustreichen.

Und die Käufer ließen in der Tat nicht auf sich warten.

Docht wurde von einem Bauern, dessen Esel tags zuvor gestorben war, gekauft, und Pinocchio wurde an den Direktor einer Truppe von Spaßmachern und Seiltänzern verkauft, der ihn dressieren wollte, um ihn dann zusammen mit den anderen Tieren seiner Truppe springen und tanzen zu lassen.

Habt ihr nun verstanden, meine kleinen Leser, welch feinem Gewerbe das Männchen nachging? Dieses grässliche kleine Ungeheuer mit dem Milch- und Honiggesicht zog von Zeit zu Zeit mit seinem Wagen durch die Welt: Unterwegs sammelte es mit Versprechungen und Schmeicheleien alle faulen Jungen ein, die die Nase von den Büchern und den Schulen voll hatten, und wenn sie in seinem Wagen saßen, führte es sie ins Spielzeugland, damit sie ihre Zeit mit Spielen, Späßen und Herumtoben zubrachten. Wenn dann die armen, betrogenen Jungen vor lauter Spiel und Müßiggang alle zu Eseln geworden waren, schnappte es sie froh und zufrieden und brachte sie auf Messen und Märkte. Und auf diese Weise hat es in wenigen Jahren einen Haufen Geld verdient und war Millionär geworden.

Was aus Docht wurde, weiß ich nicht. Ich weiß nur, dass Pinocchio vom ersten Tag an einem harten und mühseligen Leben entgegenging.

Als er in den Stall gebracht wurde, füllte ihm sein neuer Herr eine Krippe mit Stroh. Pinocchio aber, nachdem er einen Mundvoll davon gekostet hatte, spuckte es wieder aus.

Brummend füllte ihm daraufhin der Herr die Krippe mit Heu; aber das Heu schmeckte ihm genauso wenig.

»Was, dir schmeckt nicht einmal das Heu?«, sagte der Herr zornig. »Warte nur, schönes Eselchen, ich werde dir deine Grillen im Kopf schon austreiben.«

Und zur Strafe verpasste er ihm einen Peitschenhieb an die Beine.

Pinocchio weinte und schrie vor Schmerz: »Iah, iah, ich kann das Stroh nicht verdauen.«

»Dann friss das Heu«, gab der Herr zurück, der die Eselsprache bestens verstand.

»Iah, iah, vom Heu kriege ich Bauchweh.«

»Du meinst wohl, dass ich einen Esel wie dich mit Hühnerbrust und Kapaun in Aspik füttern soll?«, sagte der Herr, der immer wütender wurde und ihm einen weiteren Peitschenhieb verpasste.

Auf den zweiten Hieb schwieg Pinocchio klug und sagte nichts mehr.

Mittlerweile war die Stalltür geschlossen worden, und Pinocchio blieb allein zurück, und weil er seit vielen Stunden nichts mehr gegessen hatte, fing er vor Hunger an zu gähnen. Und beim Gähnen riss er das Maul so weit wie einen Backofen auf.

Am Ende, da er nichts anderes in der Krippe fand, rang er sich dazu durch, etwas Heu zu kauen. Und als er es gut durchgekaut hatte, schloss er die Augen und schluckte es hinunter.

»Dies Heu ist gar nicht so übel«, sagte er zu sich selbst, »aber wie viel besser wäre es gewesen, wenn ich weitergelernt hätte! – Sonst hätte ich jetzt anstelle von Heu einen Kanten frisches Brot mit einer schönen Scheibe Salami essen können. Ach!«

Am nächsten Morgen, gleich nach dem Aufwachen, suchte er in der Krippe nach etwas Heu. Aber er fand keines, weil er in der Nacht alles aufgegessen hatte.

Darauf nahm er einen Mundvoll gehäckseltes Stroh, doch während er es kaute, musste er feststellen, dass der Geschmack von gehäckseltem Stroh in keiner Weise mit Mailänder Reis oder Neapolitanischen Makkaroni zu vergleichen war.

»Geduld!«, sagte er und kaute weiter. »Wenn wenigstens mein Unglück allen ungehorsamen Kindern, die nicht lernen wollen, als warnendes Beispiel dienen könnte. Geduld! – Geduld!«

»Zum Teufel mit der Geduld!«, schrie der Direktor, der gerade in dem Augenblick in den Stall trat. »Glaubst du etwa, mein schönes Eselchen, dass ich dich nur gekauft habe, um dich zu bewirten? Ich habe dich gekauft, damit du arbeitest und ich eine Menge Geld mit dir verdiene. Also auf, sei brav! Komm mit mir in den Zirkus, dort will ich dir beibringen, wie man durch Reifen springt, mit dem Kopf Pappfässer durchstößt und Walzer und Polka aufrecht auf den Hinterbeinen tanzt.«

Der arme Pinocchio musste, ob er wollte oder nicht, all die schönen Dinge lernen. Sie zu lernen, brauchte es drei Monate Unterricht und viele Peitschenschläge, bei denen er Haare lassen musste.

Schließlich kam der Tag, an dem sein Herr ein wahrlich außergewöhnliches Schauspiel ankündigen konnte. Die bunten Plakate, die an den Straßenecken angebracht waren, lauteten folgendermaßen:

GROSSE GALAVORSTELLUNG

Heute Abend
werden die bekannten Springkünste und
andere erstaunliche Darbietungen zu sehen
sein

ausgeführt von allen Artisten und Pferden
beiderlei Geschlechts der Truppe

außerdem
tritt zum ersten Mal
das berühmte
ESELCHEN PINOCCHIO
auf
genannt
DER STERN DES TANZES

Das Theater wird taghell beleuchtet sein

An jenem Abend war das Theater, wie ihr euch denken könnt, eine Stunde vor Vorstellungsbeginn bereits gerammelt voll.

Es gab keinen Platz mehr, weder im Parkett noch im Sperrsitz, noch in der Loge, nicht einmal gegen eine Goldmünze konnte man einen Platz ergattern.

Auf den Zirkusrängen wimmelte es nur so von Kindern, Mädchen und Jungen jeden Alters, die darauf fieberten, das berühmte Eselchen Pinocchio tanzen zu sehen.

Nach dem ersten Teil der Darbietungen trat der Zirkusdirektor, der eine schwarze Jacke, weiße Reithosen und Lederstiefel bis zu den Knien trug, vor das dichtgedrängte Publikum, verbeugte sich tief und begann, sehr feierlich folgende närrische Ansprache zu halten:

»Als der ergebene Unterzeichnete, der sich auf der Durchreise in dieser glanzvollen Metropole befindet, habe ich mir die Ehre sowie das Vergnügen nicht nehmen lassen, diesem gescheiten und erlauchten Publikum ein berühmtes Eselchen vorzustellen, das bereits die Ehre hatte, vor den Augen seiner Majestät des Kaisers aller europäischen Fürstenhöfe zu tanzen. Und wollt ihr uns helfen mit eurer anregenden Gegenwart, indem ihr ihnen dankt, und habt Nachsicht mit uns.«

Diese Rede wurde mit viel Gelächter und viel Applaus aufgenommen, aber der Applaus verdoppelte sich und wurde zu einem regelrechten Orkan, als das Eselchen Pinocchio mitten im Zirkus erschien. Es war festlich herausgeputzt. Es hatte ein neues Halfter aus glattem Leder mit Spangen und Beschlägen aus Messing und zwei weiße Kamelien an den Ohren; aus der Mähne waren viele Zöpfchen mit roten Seidenbändern geflochten, um den Bauch trug es ein Band aus Gold und Silber, und um den Schwanz waren Schleifchen aus dunkelrotem und blauem Samt gebunden. Es war wirklich ein Eselchen zum Verlieben.

Als der Direktor es dem Publikum vorstellte, fügte er noch ein paar Worte hinzu:

»Hochverehrtes Publikum! Ich stehe hier nicht, um mit den großen Schwierigkeiten hinter dem Berg zu halten, die ich zu überwinden hatte, um dieses Säugetier zu verstehen und zu bändigen, während es noch frei einen Berg nach dem anderen in den Ebenen der heißen Zonen abgraste.

Beachtet bitte, welche Wildheit aus seinem Auge quillt, alldieweilen, nachdem alle Methoden, es an ein Leben unter zivilisierten Vierbeinern zu gewöhnen, als eitler Wahn sich erwiesen hatten, ich des Öfteren auf die freundliche Sprache der Peitsche zurückgreifen musste. Aber alle meine Freundlichkeit konnte mir seine Liebe nicht gewinnen, nein, sie hat mir seinen Sinn noch störrischer gemacht. Ich habe nun, in Befolgung der Gall'schen Lehre[2] in seinem Schädel einen kleinen karthagischen Knochen gefunden, in dem sogar die mediceische Fakultät von Paris die Knolle erkannt hat, die die Haare wachsen lässt und zum Kriegstanz anregt. Und deshalb wollte ich es auch zum Tanz und zu den entsprechenden Sprüngen durch Reifen und Pappfässer abrichten. Bewundert es und urteilt dann. Bevor ich mich von euch verabschiede, erlaubt mir, Herrschaften, euch zur Tagesvorstellung von morgen Abend einzuladen. Unter der Hypotenuse, dass regnerisches Wetter mit Wasser droht, wird die Vorstellung anstelle von morgen Abend auf morgen Morgen postipiziert, und zwar auf antimeridianische elf Uhr nachmittags.«

Und dann machte der Direktor abermals eine tiefe Verbeugung, wandte sich darauf Pinocchio zu und sagte:

»Auf, Pinocchio! Begrüßt das durchlauchte Publikum, die Herren, Damen und Kinder, bevor Ihr mit Euren Kunststücken beginnt.«

Pinocchio beugte gehorsam seine Knie bis zum Boden und blieb auf den Knien, bis der Direktor mit der Peitsche knallte und rief:

»Im Schritt!«

Da stellte sich das Eselchen auf seine vier Beine und begann, im Kreis herumzulaufen, immer im Schritt.

Nach einer Weile rief der Direktor:

2 Gemeint ist der Arzt Franz Joseph Gall (1758–1828), nach dessen später Phrenologie genannten Schädellehre die geistigen und charakterlichen Eigenschaften an der Form des Kopfes zu erkennen sind.

»Im Trab!«, und Pinocchio gehorchte dem Befehl und wechselte vom Schritt in den Trab.

»Im Galopp!«, und Pinocchio begann zu galoppieren.

»Im Renngalopp«, und Pinocchio rannte in vollem Lauf. Aber als er wie ein Berberhengst dahinjagte, hob der Zirkusdirektor seinen Arm hoch und feuerte einen Pistolenschuss ab.

Auf diesen Schuss spielte das Eselchen den Verletzten und ließ sich mitten im Zirkusrund fallen, als sei es dem Tode nahe.

Als es sich, umbraust von Beifallsstürmen, Bravorufen und Händeklatschen wieder auf die Beine gestellt hatte, hob es unwillkürlich den Kopf und blickte nach oben, und da sah es plötzlich in einer Loge eine schöne Dame, die um den Hals eine schwere Goldkette trug, an der ein Medaillon hing. Und auf dem Medaillon war das Porträt einer Holzpuppe gemalt.

»Das ist ja mein Bild! – Und diese Dame ist ja die Fee«, sagte Pinocchio zu sich selbst, der sie sofort erkannt hatte. Und von großer Freude überwältigt, versuchte er zu rufen:

»Ach, meine liebe Fee, ach, meine liebe Fee!«

Aber anstelle dieser Worte drang aus seiner Kehle nur ein langes, lautes ›Iah‹, dass alle Zuschauer und besonders alle Kinder, die im Zirkus waren, lachen mussten.

Um ihn zurechtzuweisen und ihm klarzumachen, dass es kein gutes Benehmen sei, dem Publikum ›iah‹ ins Gesicht zu schreien, verpasste der Direktor ihm mit dem Peitschenstiel einen Schlag auf die Nase.

Das arme Eselchen streckte seine Zunge etwas heraus und leckte sich mindestens fünf Minuten lang die Nase, vielleicht, weil es glaubte, auf diese Weise den Schmerz stillen zu können.

Aber wie groß war seine Verzweiflung, als es ein zweites Mal nach oben sah und feststellen musste, dass die Loge leer und die Fee verschwunden war! –

Es war ihm, als müsse es sterben: Seine Augen füllten sich mit Tränen, und es weinte bitterlich, aber niemand merkte es, am wenigsten der Direktor, der die Peitsche knallen ließ und rief:

»Auf geht's, Pinocchio! Jetzt werdet Ihr diesen Herrschaften vorführen, mit welcher Anmut Ihr durch Reifen zu springen versteht.«

Pinocchio nahm zwei- oder dreimal einen Anlauf. Aber jedes Mal, wenn er davorstand, sprang er nicht durch den Reifen, sondern wählte den bequemeren Weg unter dem Reifen durch. Schließlich machte er einen Satz und sprang hindurch, aber seine Hinterbeine blieben durch ein Missgeschick im Reifen hängen. Er plumpste deshalb auf der anderen Seite wie ein Sack Kartoffeln zu Boden.

Als er sich wieder auf die Beine stellte, lahmte er und konnte nur mit großer Mühe in den Stall zurückhumpeln.

»Heraus, Pinocchio! Wir wollen das Eselchen sehen! Heraus mit dem Eselchen«, riefen die Kinder in den untersten Reihen, die der traurige Unfall zutiefst gerührt hatte.

Aber das Eselchen ließ sich an diesem Abend nicht mehr blicken.

Am nächsten Morgen gab der Veterinär, oder der Tierarzt, nach gründlicher Untersuchung zu verstehen, dass es für den Rest seines Lebens lahmen würde.

Da sagte der Direktor zu seinem Stallburschen: »Was soll ich mit einem lahmen Esel anfangen? Er wäre nur ein unnützer Brotfresser. Bring ihn zum Markt und verkaufe ihn.«

Als sie zum Markt kamen, fanden sie sofort einen Käufer, der den Stallburschen fragte:

»Was willst du für diesen lahmen Esel?«

»Zwanzig Mark.«

»Ich gebe dir zwanzig Groschen. Glaub bloß nicht, dass ich ihn kaufe, weil ich ihn noch zu irgendwas gebrauchen könnte. Ich kaufe ihn nur wegen seines Fells. Ich sehe, dass er ein ganz kräftiges Fell hat und will daraus eine Trommel für unsere Dorfmusik machen.«

Ich überlasse es euch Kindern, euch vorzustellen, wie Pinocchio zumute war, als er hörte, dass ihm nunmehr bestimmt war, zu einer Trommel verarbeitet zu werden.

Jedenfalls führte der Käufer, nachdem er zwanzig Groschen bezahlt hatte, das Eselchen ans Ufer des Meeres, befestigte einen großen Stein an seinem Hals, knüpfte an eines seiner Beine ein Seil, das er in der Hand behielt, und gab ihm plötzlich einen Stoß und warf es ins Wasser. Pinocchio sank mit dem schweren Stein um den Hals sofort auf den Meeresgrund. Der Käufer, der das Seil immer gespannt hielt, setzte sich auf einen Felsen und wartete so lange, wie das Eselchen brauchte, um zu ertrinken, um ihm danach das Fell abzuziehen.

XXXIV

Der ins Meer geworfene Pinocchio wird von den Fischen gefressen und wird wieder eine Holzpuppe wie zuvor. Aber während er davonschwimmt, um sich zu retten, wird er von dem schrecklichen Haifisch verschlungen

Nach fünfzig Minuten, die das Eselchen unter Wasser war, sagte der Käufer zu sich selbst:

»Jetzt muss mein armes, lahmes Eselchen ganz und gar ertrunken sein. Ziehen wir es also wieder heraus und machen aus seinem Fell eine schöne Trommel.«

Und er begann, an dem Seil, das er ihm um ein Bein gebunden hatte, zu ziehen. Und er zog und zog und zog, bis er schließlich an der Wasseroberfläche, ratet mal, was sah? – An der Oberfläche tauchte kein totes Eselchen auf, sondern ein lebendiges Holzbübchen, das sich wie ein Aal wand.

Als der arme Mann diesen hölzernen Jungen sah, glaubte er zu träumen, und bass erstaunt stand er da mit offenem Mund und hervorquellenden Augen.

Nachdem er sich vom ersten Schreck etwas erholt hatte, sagte er weinend und stotternd:

»Und wo ist das Eselchen, das ich ins Meer geworfen habe?«

»Das Eselchen bin ich«, antwortete lachend der hölzerne Junge.

»Du?«

»Ich.«

»Ach, du Schurke! Willst du dich gar über mich lustig machen?«

»Ich mich über Euch lustig machen? Alles andere als das, lieber Herr. Ich spreche ganz im Ernst mit Euch.«

»Aber wie bist du, der du bis vor kurzem noch ein Eselchen warst, im Wasser zu einem hölzernen Jungen geworden?«

»Es wird der Einfluss des Meerwassers gewesen sein. Das Meer macht solche Scherze.«

»Pass bloß auf, du hölzerner Junge, pass bloß auf! – Glaub bloß nicht, dich auf meine Kosten lustig machen zu können. Wehe dir, wenn mir der Geduldsfaden reißt!«

»Nun, Meister, wollt Ihr die ganze wahre Geschichte erfahren? Bindet mir das Bein los, dann will ich sie Euch erzählen.

Der gute Tölpel von einem Käufer, der schon vor Neugierde auf die wahre Geschichte brannte, löste sofort den Knoten des Seils, an dem er befestigt war. Da fühlte sich Pinocchio wieder frei wie ein Vogel in den Lüften und begann zu erzählen:

»So wisst denn, dass ich eine Holzpuppe war, wie ich heute wieder eine bin, und ich war drauf und dran, ein richtiger Junge zu werden, wie es viele gibt, aber daraus wurde nichts. Im Gegenteil: Weil ich nicht lernen wollte und auf die schlechten Schulkameraden hörte, riss ich von zu Hause aus, – und eines schönen Tages wachte ich in einen Esel verwandelt auf, mit solchen Ohren – und so einem Schwanz. Was für eine Schande für mich! – Eine Schande, lieber Meister, die der heilige Antonius Euch ersparen möge! Auf dem Eselsmarkt wurde ich von einem Zirkusdirektor gekauft, der es sich in den Kopf gesetzt hatte, aus mir einen großen Tänzer und Reifenspringer zu machen. Aber eines Abends bin ich mitten in der Vorstellung übel gestürzt und lahmte an beiden Hinterbeinen. Da beschloss der Direktor, mich wieder zu verkaufen, da er mit einem lahmen Esel nichts anfangen konnte, und Ihr habt mich dann gekauft.«

»Leider! Und für zwanzig Groschen habe ich dich gekauft. Und wer gibt mir jetzt meine zwanzig Groschen wieder?«

»Und warum habt Ihr mich gekauft? Ihr habt mich gekauft,

um aus meinem Fell eine Trommel zu machen! – Eine Trommel!«

»Leider! Und wo finde ich jetzt ein neues Fell?«

»Verfallt deshalb nicht in Trübsal, Meister. Es gibt so viele Esel auf dieser Welt!«

»Sag mir, du frecher Schlingel: Hört deine Geschichte hier auf?«

»Nein«, antwortete der hölzerne Junge, »noch zwei Worte, und dann ist sie zu Ende. Nach dem Kauf habt Ihr mich an diesen Ort geführt, um mich zu töten, aber aus einem Gefühl mitleidsvoller Menschlichkeit habt Ihr es vorgezogen, mir einen schweren Stein um den Hals zu hängen und mich ins tiefe Meer zu werfen. Dieses Feingefühl macht Euch große Ehre, und ich werde es Euch ewig danken. Im Übrigen, lieber Meister, habt Ihr diesmal die Rechnung ohne die Fee gemacht.«

»Und wer ist diese Fee?«

»Sie ist meine Mutter und gleicht allen guten Müttern, die ihre Kinder sehr lieb haben und sie nie aus den Augen verlieren und ihnen liebevoll in allen Missgeschicken beistehen, selbst wenn diese Kinder aufgrund ihres Leichtsinns und ihres garstigen Betragens es verdient hätten, dass man sich nicht mehr um sie sorgt und sie tun lässt, was sie wollen. Diese gute Fee also, von der ich sprach, befahl sofort, als sie mich in Lebensgefahr sah, einen riesigen Schwarm Fische in meine Nähe, die mich tatsächlich für einen Esel hielten und mich auffraßen. Und wie die zugebissen haben! Ich hätte es nie für möglich gehalten, dass Fische noch verfressener als Jungen sein können. – Sie fraßen die Ohren, das Maul, den Hals und die Mähne, das Fell an den Beinen –, und dann gab es noch ein freundliches Fischlein, das sogar meinen Schwanz nicht verschmähte.«

»Von heute an«, sagte der entsetzte Käufer, »schwöre ich, keinen Fisch mehr zu essen. Es wäre mir zu grauslich, eine Seebarbe oder einen gebackenen Schellfisch zu zerlegen, um darin einen Eselsschwanz zu finden.«

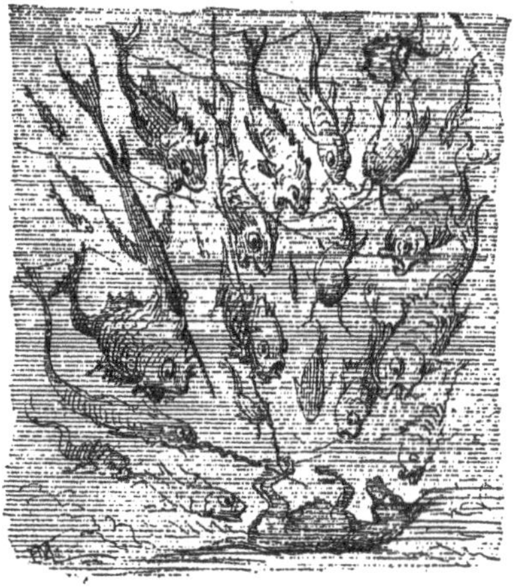

»Ich denke genauso wie Ihr«, antwortete lachend der hölzerne Junge. »Im Übrigen müsst Ihr wissen, dass die Fische, nachdem sie die ganze Eselshülle, mit der ich von Kopf bis Fuß bedeckt war, aufgefressen hatten, unweigerlich auf den Knochen kamen –, besser gesagt, auf Holz. Denn wie Ihr seht, bin ich aus härtestem Holz. Aber nach den ersten Bissen merkten diese gefräßigen Fische sofort, dass Holz für ihre Zähne nicht das rechte Futter ist, und, angewidert von der unverdaulichen Speise, schwammen sie weg, die einen hierhin, die anderen dorthin, ohne im Geringsten an ein Dankeschön zu denken. Und nun habe ich Euch die ganze Geschichte erzählt, wie Ihr an einem Seil gezogen habt und statt eines toten Esels eine lebendige Holzpuppe vorgefunden habt.«

»Ich pfeife auf deine Geschichte«, rief der Käufer erbost. »Ich weiß, dass ich zwanzig Groschen ausgegeben habe, um dich zu kaufen, und ich will mein Geld zurück. Weißt du, was ich mache? Ich bringe dich gleich zum Markt und verkaufe dich als ein Stück Brennholz.«

»Verkauft mich nur wieder: Mir soll es recht sein«, sagte Pinocchio.

Und noch während er dies sagte, machte er einen prächtigen Sprung ins Wasser. Und fröhlich schwamm er immer weiter von der Küste weg und rief dem armen Käufer zu:

»Lebt wohl, Herr Meister. Wenn Ihr ein Fell für eine Trommel braucht, so denkt an mich.«

Darauf lachte er und schwamm weiter. Und kurze Zeit später drehte er sich nochmals um und schrie:

»Lebt wohl, Herr Meister. Wenn Ihr ein Stück Brennholz für den Kamin braucht, so denkt an mich.«

Und im Nu war er schon so weit weg, dass man ihn kaum noch sehen konnte. Man sah auf der Wasserfläche nur noch einen winzigen schwarzen Punkt, der ab und an die Beine aus dem Wasser streckte und lustige Sprünge machte wie ein übermütiger Delphin.

Als Pinocchio so aufs Geratewohl dahinschwamm, sah er mitten im Meer einen Felsen, der aus weißem Marmor zu sein schien. Und auf der Felsenspitze stand ein schönes Zicklein, das lieblich blökte und ihm zu verstehen gab näher zu kommen.

Das Seltsamste dabei war, dass das Fell des Zickleins weder weiß noch schwarz oder schwarz und weiß gescheckt war, wie das Fell aller Ziegen, sondern blau und zwar leuchtend türkis, ganz wie das Haar des schönen Mädchens.

Ihr könnt euch denken, wie das arme Herz Pinocchios höher schlug! Er verdoppelte seine Anstrengungen und schwamm auf den weißen Felsen zu. Er war gerade auf halbem Wege, als ihm aus dem Wasser der schreckliche Kopf eines Meeresungetüms entgegenkam, dessen weit aufgerissenes Maul wie ein Abgrund aussah, in dem drei Reihen mit Zähnen zu sehen waren, die einem schon auf einem Bild Furcht und Schrecken eingejagt hätten.

Und wisst ihr, wer dieses Meeresungeheuer war?

Dieses Meeresungeheuer war kein Geringerer als der Riesenhaifisch, von dem in dieser Geschichte schon mehr als einmal die Rede war. Und der wegen seiner verheerenden Streifzüge und seiner unersättlichen Fressgier den Spitznamen ›Attila der Fische und der Fischer‹ erhalten hatte.

Stellt euch das Entsetzen des armen Pinocchio beim Anblick des Ungeheuers vor. Er versuchte, ihm auszuweichen, eine andere Richtung zu nehmen, die Flucht zu ergreifen. Aber dieses weit aufgesperrte Riesenmaul kam immer wieder mit der Geschwindigkeit eines Pfeiles auf ihn zu.

»Beeile dich, Pinocchio, um Gottes willen!«, blökte das schöne Zicklein.

Und Pinocchio schwamm verzweifelt mit den Armen, der Brust, den Beinen und Füßen.

»Schnell, Pinocchio, das Ungeheuer kommt direkt auf dich zu!«

Und Pinocchio nahm alle Kräfte zusammen und schwamm, was das Zeug hielt.

»Pass auf, Pinocchio! – Das Ungeheuer holt dich ein! – Da ist es! – Da ist es! – Beeile dich, um Gottes willen, oder du bist verloren!«

Und Pinocchio schwamm schneller denn je, so schnell wie ein Geschoss. Schon war er dem Felsen nah, und schon beugte sich das Zicklein über das Meer und streckte ihm seine beiden Vorderfüße entgegen, um ihn zu retten und aus dem Wasser zu ziehen ...

Aber zu spät! Das Ungeheuer hatte ihn erreicht: Es holte Luft und schlürfte dabei den armen Holzjungen, wie man ein Hühnerei schlürft, in sich hinein. Und es verschlang ihn mit solcher Gewalt und Gier, dass Pinocchio, als er in den Bauch des Haifisches hinunterplumpste, derart hart aufprallte, dass er eine Viertelstunde lang betäubt war.

Als er nach diesem Schrecken wieder zu sich kam, konnte er sich überhaupt keinen Reim darauf machen, in welcher Welt er nun war. Um sich herum war es überall stockfinster. Und das Dunkel war so tiefschwarz, dass es ihm vorkam, als wäre er kopfüber in ein Tintenfass gefallen. Er horchte, hörte aber kein Geräusch: Nur von Zeit zu Zeit bliesen ihm einige heftige Windstöße ins Gesicht. Zuerst begriff er nicht recht, wo dieser

Wind herkam, dann aber war ihm klar, dass er aus den Lungen des Ungeheuers blies. Man muss nämlich wissen, dass der Haifisch sehr unter Asthma litt, und wenn er atmete, war es, als brauste der Nordwind.

Pinocchio kam zunächst auf den Gedanken, sich etwas Mut zu machen. Aber als es für ihn endgültig feststand, dass er im Bauch des Meeresungeheuers eingeschlossen war, da fing er an zu weinen und zu schreien, und er rief in Tränen aufgelöst:

»Hilfe! Hilfe! Ach, ich Armer! Ist denn keiner da, der mich rettet?«

»Wer soll dich denn retten, du Unglücklicher?«, drang aus dem Dunkel eine Stimme, die wie eine verstimmte Gitarre klang.

»Wer spricht denn da?«, fragte Pinocchio, der vor Schreck erstarrte.

»Ich bin's. Ich bin ein armer Thunfisch, der mit dir vom Haifisch verschlungen wurde. Und was für ein Fisch bist du?«

»Ich habe mit Fischen nichts zu tun. Ich bin eine Holzpuppe.«

»Nun, wenn du kein Fisch bist, warum hast du dich von dem Ungeheuer verschlingen lassen?«

»Ich habe mich nicht verschlingen lassen: Es hat mich verschlungen! Und nun, was sollen wir hier im Dunkeln tun?«

»Uns in unser Schicksal ergeben und warten, bis der Haifisch uns beide verdaut hat.«

»Aber ich will nicht verdaut werden!«, schrie Pinocchio und fing wieder an zu weinen.

»Auch ich will nicht verdaut werden«, erwiderte der Thunfisch, »aber ich bin Philosoph genug und tröste mich mit dem Gedanken, dass es für einen, der als Thunfisch geboren wurde, würdevoller ist, im Wasser als im Öl zu enden.«

»Dummheiten!«, rief Pinocchio.

»Meine Dummheit ist eine Meinung«, erwiderte der Thunfisch, »und Meinungen werden respektiert, wie die Thunfischpolitiker sagen.«

»Ich, jedenfalls, will von hier weg –, ich will fliehen.«

»Flieh nur, wenn du kannst.«

»Ist dieser Haifisch, der uns verschlungen hat, sehr groß?«, fragte der hölzerne Junge.

»Stell dir vor, sein Körper ist über einen Kilometer lang, ohne den Schwanz zu rechnen.«

Während sie diese Unterhaltung im Dunkeln führten, schien Pinocchio ganz in der Ferne einen schwachen Lichtschimmer zu sehen.

»Was mag das für ein Lichtlein in weiter Ferne sein?«, fragte Pinocchio.

»Das wird einer unserer Leidensgenossen sein, der gleichfalls darauf wartet, verdaut zu werden.«

»Ich will zu ihm gehen. Vielleicht ist es ein erfahrener Fisch, der mir einen Fluchtweg verraten könnte?«

»Ich wünsche es dir von Herzen, liebe Holzpuppe.«

»Leb wohl, Thunfisch.«

»Leb wohl, Holzpuppe, und viel Glück.«

»Wo sehen wir uns wieder?«

»Wer weiß? – Besser, man denkt gar nicht daran!«

XXXV

Pinocchio findet im Bauch des Haifisches …
wen findet er wohl? Lest dieses Kapitel,
dann wisst ihr es

Kaum hatte Pinocchio seinem guten Freund Thunfisch Lebewohl gesagt, tappte er mitten durch das Dunkel und tastete sich im Bauch des Haifisches mühsam voran, machte einen Schritt nach dem anderen dem winzigen Lichtlein entgegen, das er weit in der Ferne schimmern sah.

Beim Gehen musste er feststellen, wie seine Füße in einer öligen, glitschigen Brühe ausglitten, und diese Brühe roch so penetrant nach gebratenem Fisch, dass er sich mitten in die Fastenzeit versetzt glaubte.

Je weiter er vorwärtsschritt, desto heller und deutlicher war das Lichtlein zu erkennen, bis er es schließlich nach einem anstrengenden Weg erreichte. – Und was entdeckte er dort? Ihr dürft tausendmal raten: Er entdeckte einen kleinen gedeckten Tisch, auf dem eine Kerze brannte, die in einer grünen Kristallflasche steckte; und am Tischchen saß ein kleiner alter Mann, der so weiß war wie Schnee oder Schlagsahne und der an ein paar lebendigen Fischchen herumkaute, die aber so quicklebendig waren, dass sie ihm beim Essen sogar wieder aus dem Mund sprangen.

Bei diesem Anblick überkam Pinocchio eine so überschwängliche und unerwartete Freude, dass er um ein Haar den Verstand verloren hätte. Er wollte lachen, weinen und tausend Dinge sagen; stattdessen aber lallte und stammelte er nur abgehackte und sinnlose Wörter. Schließlich gelang ihm doch ein Freudenschrei, er breitete seine Arme aus und warf sich dem alten Mann an den Hals und rief:

»Oh, mein lieber Vater! Endlich habe ich Euch wiedergefunden! Von jetzt an verlasse ich Euch nie, nie mehr!«

»Meine Augen trügen mich also nicht?«, sagte der alte Mann und wischte sich die Augen. »Du bist wirklich mein lieber Pinocchio?«

»Ja, ja ich bin's, ich bin es wirklich! Und Ihr habt mir bereits vergeben, nicht wahr? Oh, mein lieber Vater, wie gut Ihr doch seid! – Und ich dagegen ... Oh, wenn Ihr wüsstet, wie viel Unglück über mich hereingebrochen und wie viel Schlechtes mir widerfahren ist! Stellt Euch vor, lieber, armer Vater, an dem Tag, als Ihr Eure Jacke verkauft habt, um mir dafür eine Schulfibel zu kaufen, bin ich ausgerissen, um mir die Marionetten anzusehen, und der Puppenspieler wollte mich ins Feuer werfen, damit ich ihm seinen Hammelbraten gar machte, und er war es auch, der mir dann die fünf Goldmünzen gab, die ich Euch bringen sollte, ich aber traf den Fuchs und den Kater, die mich zum Wirtshaus ›Zum Roten Krebs‹ führten, wo sie wie die Wölfe fraßen, und als ich dann nachts allein weiterzog, begegnete ich den Mördern, die hinter mir herrannten, und ich auf und davon, bis sie mich an einem Ast der Großen Eiche aufhängten, wo das schöne Mädchen mit dem blauen Haar mich mit einer Karosse holen ließ, und die Ärzte sagten, als sie mich sahen: ›Wenn er nicht tot ist, ist das ein Zeichen dafür, dass er noch lebt‹, und dann entwischte mir eine Lüge, und meine Nase wurde immer länger, und ich konnte nicht mehr aus dem Zimmer, deshalb vergrub ich mit dem Fuchs und dem Kater die vier Goldmünzen – eine hatte ich schon im Wirtshaus ausgegeben –, und der Papagei fing an zu lachen, und anstatt zweitausend Goldmünzen fand ich gar keine mehr, weshalb der Richter, als er hörte, dass ich ausgeraubt worden war, mich sofort ins Gefängnis werfen ließ, um die Diebe zu belohnen, und als ich wieder rauskam, sah ich auf einem Weinberg eine schöne Traube und blieb im Fangeisen stecken, und der Bauer band mir ganz zu Recht das Hundehalsband um, damit ich den Hühnerstall bewachte, aber er ließ mich frei, als er meine Unschuld erkannte, und die Schlange mit dem rauchenden Schwanz lachte, und dabei platzte ihr eine Ader, und so kam ich zum Haus des schönen Mädchens zurück, das tot war, und die Taube sah mich weinen und sagte: ›Ich habe deinen Vater gesehen, der sich ein Boot zimmerte, um dich zu suchen‹, und ich sagte: ›Ach, wenn ich doch auch Flügel hätte!‹, und sie sagte zu mir: ›Willst du zu deinem Vater?‹, und ich sagte zu ihr: ›Und ob! Aber wer bringt mich dorthin?‹, und sie sagte zu mir: ›Ich bringe dich hin‹, und ich sagte zu ihr: ›Aber wie denn?‹, und sie sagte zu mir: ›Setz dich auf meinen Rücken‹, und so sind wir die ganze Nacht geflogen, und am nächsten Morgen sagten alle Fischer, die aufs Meer blickten: ›Da ist ein unglücklicher Mann in einem Boot, der gleich untergeht‹, und von Weitem erkannte ich Euch gleich, weil mein Herz es mir sagte, und ich gab Euch Zeichen, damit Ihr zum Strand zurückkehren sollt.«

»Auch ich erkannte dich«, sagte Geppetto, »und wäre gern zum Strand zurückgekehrt; aber wie? Das Meer war stürmisch, und eine riesige Welle hat mein Boot zum Kentern gebracht. Da schwamm ein schrecklicher Haifisch, der in der Nähe war, kaum, dass er mich gesehen hatte, auf mich zu, streckte seine Zunge heraus und verschlang mich wie eine Gabel voll Spaghetti.

»Und wie lange seid Ihr hier eingeschlossen?«, fragte Pinocchio.

»Seit jenem Tag, es wird nun zwei Jahre her sein: zwei Jahre, mein lieber Pinocchio, die mir wie zwei Jahrhunderte vorgekommen sind.«

»Und wie habt Ihr Euch durchgeschlagen? Und wo habt Ihr die Kerze gefunden? Und wer hat Euch die Streichhölzer, um sie anzuzünden, gegeben?«

»Jetzt will ich dir alles erzählen. Du sollst nämlich wissen, dass der gleiche Sturm, der mein Schifflein zerbrach, auch ein Handelsschiff zum Kentern brachte. Die Besatzung konnte sich retten, aber das Schiff sank zum Meeresboden, und der gleiche Haifisch, der mich verschlang, hatte an jenem Tag einen so vorzüglichen Appetit, dass er auch das Schiff verschlang.«

»Wie? Hat er alles auf einmal heruntergeschlungen?«, fragte Pinocchio verwundert.

»Alles auf einmal: Er spuckte lediglich den Mastbaum wieder aus, der ihm wie eine Gräte zwischen den Zähnen steckengeblieben war. Zu meinem großen Glück war das Handelsschiff mit Fleisch in Zinndosen, Zwieback oder vielmehr geröstetem Brot, Weinflaschen, Rosinen, Käse, Kaffee, Zucker, Stearinkerzen und Streichholzschachteln beladen. Von diesem Geschenk des Himmels konnte ich mich zwei Jahre lang ernähren. Aber heute verzehre ich die letzten kümmerlichen Restchen. Nun ist gar nichts mehr in der Vorratskammer, und diese Kerze, die du brennen siehst, ist die letzte, die mir verblieben ist.«

»Und dann?«

»Und dann, mein Lieber, sitzen wir beide im Dunkeln.«

»Mein lieber Vater«, sagte Pinocchio, »da ist keine Zeit mehr zu verlieren. Wir müssen sehen, wie wir fliehen können.«

»Fliehen? Aber wie?«

»Wir müssen aus dem Haifischmaul ins Meer springen.«

»Du hast gut reden, Pinocchio. Aber ich kann nicht schwimmen.«

»Was macht das schon? – Ihr setzt Euch rittlings auf meine Schultern, und ich, der ich ein trefflicher Schwimmer bin, werde Euch wohlbehalten ans Ufer bringen.«

»Phantastereien, mein lieber Junge!«, antwortete Geppetto, schüttelte den Kopf und lächelte traurig. »Glaubst du, dass eine Holzpuppe wie du, die kaum einen Meter misst, so viel Kraft besitzt, um mit mir auf dem Rücken durch das Meer zu schwimmen?«

»Versucht es, und Ihr werdet sehen! Wenn es dem Himmel

gefällt, uns sterben zu lassen, ist es auf jeden Fall ein großer Trost, wenn wir einander haltend gemeinsam sterben.«

Und ohne weitere Worte zu sagen, nahm Pinocchio die Kerze in die Hand und ging voran, um zu leuchten, und sagte zu seinem Vater: »Geht hinter mir her und habt keine Angst.«

Und sie gingen ein gutes Stück und durchquerten den ganzen Bauch und den Magen des Haifisches. Als sie aber an der Stelle angelangt waren, wo der Schlund des Meeresungeheuers begann, hielten sie es für ratsam, stehenzubleiben, um sich umzusehen und den rechten Augenblick für die Flucht abzuwarten.

Nun muss man wissen, dass der Haifisch schon uralt war, an Asthma und Herzbeschwerden litt und deshalb mit offenem Maul schlafen musste; darum konnte Pinocchio, als er sich bis zum Ausgang des Schlundes vorwagte und nach oben blickte, durch das weit geöffnete Maul ein großes Stück Sternenhimmel und das schönste Mondlicht sehen.

»Das ist der rechte Augenblick, zu fliehen«, flüsterte Pinocchio seinem Vater zu. »Der Haifisch schläft wie ein Siebenschläfer, das Meer ist ruhig, und es ist hell wie am Tag. Geht also hinter mir her, und gleich werden wir gerettet sein.«

Gesagt, getan. Sie stiegen aus dem Schlund des Meeresungeheuers, und als sie in dem riesigen Maul angekommen waren, gingen sie auf Zehenspitzen über seine Zunge, die so lang und so breit war wie ein Gartenweg. Sie waren schon drauf und dran, den Sprung ins Meer zu wagen, als gerade im besten Moment der Haifisch niesen musste und ihnen dabei einen so heftigen Stoß verpasste, dass Pinocchio und Geppetto zurückprallten und wieder in den Magen des Ungeheuers geschleudert wurden.

Durch den gewaltigen Aufprall nach dem Sturz verlöschte die Kerze, und Vater und Sohn blieben im Dunkel zurück.

»Und jetzt?«, fragte Pinocchio und wurde ernst.

»Jetzt, mein lieber Junge, sind wir wirklich verloren.«

»Wieso verloren? Gebt mir Eure Hand, Vater, und passt auf, dass Ihr nicht ausrutscht.«

»Wohin führst du mich?«

»Wir müssen die Flucht nochmals versuchen. Kommt mit mir, und habt keine Angst.«

Darauf nahm er seinen Vater bei der Hand, und immer auf Zehenspitzen stiegen sie aus dem Schlund des Ungeheuers, überquerten die Zunge und kletterten über die drei Zahnreihen. Bevor sie den großen Sprung taten, sagte der hölzerne Junge zu seinem Vater:

»Steigt auf meine Schultern und haltet Euch ganz fest. Das Übrige besorge ich.«

Kaum hatte sich Geppetto auf die Schultern seines Sohnes gesetzt, warf sich Pinocchio, der sich seiner Sache ganz sicher war, ins Meer und begann zu schwimmen. Das Meer war glatt wie Öl, der Mond leuchtete ganz hell, und der Haifisch schlief ruhig weiter; nicht einmal ein Kanonenschlag hätte ihn aus diesem Schlaf geweckt.

XXXVI

Endlich hört Pinocchio auf, eine Holzpuppe zu sein und wird ein richtiger Junge

Während Pinocchio hurtig dahinschwamm, um die Küste zu erreichen, merkte er, dass sein Vater, der rittlings auf seinen Schultern saß und die Beine bis zur Hälfte im Wasser hatte, fürchterlich zitterte, als ob er vom Malariafieber geschüttelt würde.

Zitterte er vor Kälte oder vor Angst? Wer weiß? – Vielleicht, weil er von beidem ein wenig empfand. Aber Pinocchio, der glaubte, dass er vor Angst zittere, sagte, um ihn zu ermuntern:

»Nur Mut, lieber Vater! In wenigen Augenblicken werden wir am Strand ankommen und gerettet sein.«

»Aber wo ist die gepriesene Küste?«, fragte der alte Mann, der immer unruhiger wurde und angestrengt wie ein Schneider, der den Zwirn in die Nadel einfädelt, Ausschau hielt. »Ich schaue nach allen Seiten und sehe nichts als Himmel und Meer.«

»Aber ich sehe auch die Küste«, sagte der hölzerne Junge. »Damit Ihr es wisst, ich bin wie eine Katze und sehe nachts besser als am Tag.«

Der arme Pinocchio tat so, als ob ihm wohl zumute wäre; aber in Wirklichkeit – begann er, den Mut zu verlieren: Seine Kräfte schwanden, sein Atem wurde kürzer und angestrengter, kurz, er konnte nicht mehr, und die Küste lag noch immer in weiter Ferne.

Er schwamm, solange sein Atem reichte; dann drehte er sich zu Geppetto um und stotterte mit letzter Kraft:

»Mein Vater – helft mir – ich sterbe!«

Und Vater und Sohn waren gerade drauf und dran zu ertrinken, als sie eine Stimme hörten, die wie eine verstimmte Gitarre klang:

»Wer stirbt da?«

»Ich und mein armer Vater!«

»Diese Stimme kenne ich doch! Du bist Pinocchio!«

»Stimmt. Und du?«

»Ich bin der Thunfisch, dein Gefängnisgenosse im Bauch des Haifisches.«

»Und wie ist dir die Flucht gelungen?«

»Ich bin deinem Beispiel gefolgt. Du hast mir den Weg gewiesen, und nach dir bin auch ich geflohen.«

»Mein lieber Thunfisch, du kommst wie gerufen! Ich bitte dich um der Liebe willen, die du für deine Thunfischkinder empfindest, hilf uns, sonst sind wir verloren.«

»Gern und von ganzem Herzen. Haltet euch beide an meiner Schwanzflosse fest, und lasst euch von mir ziehen. In vier Minuten werde ich euch am Strand absetzen.«

Wie ihr euch denken könnt, nahmen Geppetto und Pinocchio die Einladung sofort an. Aber anstatt sich an die Schwanzflosse zu hängen, hielten sie es für bequemer, sich gleich auf den Rücken des Thunfisches zu setzen.

»Sind wir zu schwer?«, fragte Pinocchio.

»Zu schwer? Nicht im Geringsten: Ihr kommt mir wie zwei Muschelschalen auf meinem Rücken vor«, antwortete der Thunfisch, der so groß und kräftig war wie ein zweijähriges Kalb.

Am Ufer angelangt, sprang Pinocchio als Erster an Land, um seinem Vater zu helfen. Dann wandte er sich dem Thunfisch zu und sagte mit bewegter Stimme:

»Mein lieber Freund, du hast meinem Vater das Leben gerettet! Meine Worte reichen nicht aus, dir zu danken. Erlaube mir wenigstens, dir als Zeichen ewiger Dankbarkeit einen Kuss zu geben.«

Der Thunfisch streckte sein Maul aus dem Wasser, und Pinocchio kniete auf den Boden nieder und gab ihm einen herzhaften Kuss. Bei diesem Zeichen echter und inniger Zuneigung war der Thunfisch, der solches nicht gewohnt war, so gerührt, dass er seinen Kopf schnell wieder ins Wasser steckte und verschwand, er schämte sich nämlich, dass man ihn wie ein Kind weinen sah.

Mittlerweile war es Tag geworden.

Da reichte Pinocchio Geppetto, der kaum noch die Kraft hatte, sich auf den Beinen zu halten, den Arm und sagte:

»Stützt Euch nur auf meinen Arm, lieber Vater, und dann gehen wir. Wir gehen ganz, ganz langsam wie die Ameisen, und wenn wir müde sind, ruhen wir uns unterwegs aus.«

»Und wo sollen wir hingehen?«

»Zu einem Haus oder einer Hütte, wo man uns aus Barmherzigkeit ein Stück Brot gibt und etwas Stroh, auf das wir uns legen können.«

Sie hatten noch keine hundert Schritte zurückgelegt, als sie am Straßenrand zwei wüste Gesellen sitzen sahen, die dort um Almosen bettelten.

Es waren der Fuchs und der Kater, die man kaum noch wiedererkennen konnte. Stellt euch vor, der Kater, der immer den Blinden gespielt hatte, war am Ende wirklich blind geworden. Und der Fuchs, alt geworden und von den Motten zerfressen, war auf der einen Seite lahm und hatte nicht einmal mehr einen Schwanz. So ist es: Dieser traurige Schurke hatte, nachdem er in tiefstes Elend geraten war, eines Tages einem fahrenden Händler seinen wunderschönen Schwanz verkaufen müssen, der ihn kaufte, um daraus einen Fliegenwedel zu machen.

»Oh, Pinocchio«, rief der Fuchs mit weinerlicher Stimme, »gebt uns beiden armen Kranken ein Almosen.«

»Almosen!«, wiederholte der Kater.

»Ade, ihr Scheinheiligen!«, antwortete der hölzerne Junge.

»Ihr habt mich einmal betrogen, und jetzt schmiert ihr mich nicht mehr an.«

»So glaube es doch, Pinocchio, heute sind wir wirklich arm und elend!«

»Elend!«, wiederholte der Kater.

»Wenn ihr arm seid, so geschieht es euch recht. Denkt an das Sprichwort: ›Ehrlich währt am längsten.‹ Ade, ihr Scheinheiligen!«

»Hab doch Mitleid mit uns!«

»Mit uns!«

»Ade, ihr Scheinheiligen! Denkt an das Sprichwort: ›Des Teufels Mehl ist nichts als Spreu.‹«

»Lass uns nicht im Stich!«

»Stich!«, wiederholte der Kater.

»Ade, ihr Scheinheiligen! Denkt an das Sprichwort: ›Wer des Nächsten Mantel stiehlt, stirbt gewöhnlich nicht im Hemd.‹«

Und mit diesen Worten setzten Pinocchio und Geppetto gemächlich ihren Weg fort, bis sie nach weiteren hundert Schritten am Ende eines Weges mitten in den Feldern eine schöne Strohhütte mit einem Ziegeldach sahen.

»In dieser Hütte muss doch jemand wohnen«, sagte Pinocchio. »Wir wollen hingehen und anklopfen.«

Sie gingen hin und klopften an die Tür.

»Wer ist da?«, fragte ein Stimmchen von drinnen.

»Ein armer Vater und ein armer Sohn, ohne Brot und Obdach«, antwortete der hölzerne Junge.

»Dreht den Schlüssel herum, und die Tür geht auf«, sagte das gleiche Stimmchen.

Pinocchio drehte den Schlüssel um, und die Tür ging auf. Sie traten ein, blickten sich nach allen Seiten um, konnten aber niemanden sehen.

»Wo ist denn der Besitzer der Hütte?«, fragte Pinocchio erstaunt.

»Hier oben bin ich!«

Vater und Sohn blickten sogleich zur Decke hinauf und entdeckten auf einem Balken die Sprechende Grille. »Oh, mein liebes Grillchen!«, sagte Pinocchio und grüßte sie artig.

»Jetzt nennst du mich dein liebes Grillchen, nicht wahr? Aber weißt du noch, dass du, um mich aus deinem Haus zu verjagen, einen Hammerstiel nach mir geworfen hast?«

»Du hast recht, Grillchen! Verjage auch mich –, wirf auch du mir einen Hammerstiel nach, aber habe Mitleid mit meinem armen Vater.«

»Ich habe Mitleid mit dem Vater und sogar mit dem Sohn. Aber ich wollte dich an deine Unfreundlichkeit erinnern, um dir beizubringen, dass wir auf dieser Welt, wo immer es möglich ist, uns allen gegenüber freundlich erweisen sollten, wenn wir in schlechten Tagen mit gleicher Freundlichkeit behandelt werden wollen.«

»Du hast ja tausendmal recht, Grillchen, und ich werde mir die Lektion, die du mir erteilt hast, zu Herzen nehmen. Aber willst du mir nicht verraten, wie du es angestellt hast, dir diese schöne Hütte zu kaufen?«

»Diese Hütte wurde mir gestern von einer reizenden Ziege geschenkt, die ein wunderschönes blaues Fell hatte.«

»Und wo ist die Ziege hingegangen?«, fragte Pinocchio voller Neugierde.

»Ich weiß es nicht.«

»Und wann kehrt sie zurück?«

»Sie wird nie mehr zurückkehren. Gestern ging sie ganz betrübt weg und blökend schien sie zu sagen: ›Armer Pinocchio, nun werde ich ihn nie mehr wiedersehen: Der Haifisch hat ihn gewiss verschlungen!‹«

»Hat sie das wirklich gesagt? – Dann war sie es! – Sie! – Meine liebe kleine Fee!«, schrie Pinocchio und schluchzte und weinte bitterlich.

Als er sich ausgeweint hatte, wischte er sich die Augen, bereitete ein schönes Strohlager und bettete darauf den alten Geppetto. Dann fragte er die Sprechende Grille:

»Sag mir, Grillchen: Wo könnte ich ein Glas Milch für meinen armen Vater finden?«

»Drei Felder weiter ist der Gemüsegärtner Giangio, der auch Kühe hält. Geh zu ihm, dort wirst du Milch finden.«

Pinocchio rannte zum Haus des Gemüsegärtners Giangio, der aber sagte:

»Wie viel Milch willst du?«

»Ich möchte gerne ein Glas voll.«

»Ein Glas Milch kostet einen Groschen. Gib mir also einen Groschen.«

»Ich habe nicht einmal einen Pfennig«, antwortete Pinocchio zerknirscht und betrübt.

»Das ist aber schlecht, mein hölzerner Junge«, erwiderte der Gemüsegärtner. »Wenn du nicht einmal einen Pfennig hast, dann habe ich nicht einmal einen Fingerhut Milch für dich.«

»Dann eben nicht«, sagte Pinocchio und wollte wieder gehen.

»Warte doch«, sagte Giangio. »Wir könnten dennoch handelseinig werden. Bist du bereit, die Winde zu drehen?«

»Was ist eine Winde?«

»Das ist eine Vorrichtung aus Holz, mit der man das Wasser aus dem Brunnen hochpumpt, um das Gemüse zu gießen.«

»Ich will es versuchen.«

»Dann zieh mir hundert Eimer Wasser hoch, und ich werde dich dafür mit einem Glas Milch belohnen.«

»Einverstanden!«

Giangio führte den hölzernen Jungen zum Gemüsegarten und erklärte ihm, wie die Winde zu drehen sei. Pinocchio machte sich gleich an die Arbeit. Aber noch bevor er die hundert Eimer Wasser hochgepumpt hatte, war er von Kopf bis Fuß in Schweiß gebadet. Eine solche Anstrengung hatte er noch nie vollbracht.

»Bis jetzt«, sagte der Gemüsegärtner, »hat mein Eselchen die-

se mühsame Arbeit getan; aber jetzt liegt das arme Tier in seinen letzten Zügen.«

»Führt Ihr mich zu ihm?«

»Gerne.«

Kaum war er in den Stall getreten, sah er ein schönes Eselchen auf dem Stroh liegen, das vor Hunger und Überanstrengung völlig ausgezehrt war. Nachdem er es ganz genau betrachtet hatte, sagte er erschüttert zu sich selbst:

»Dieses Eselchen kenne ich doch! Es ist mir kein unbekanntes Gesicht!«

Und er beugte sich zu ihm und fragte ihn in der Eselssprache:

»Wer bist du?«

Auf diese Frage öffnete das Eselchen die sterbenden Augen und antwortete stammelnd in der gleichen Sprache:

»Ich bin D-o-ch-t.«

Darauf schloss es die Augen und starb.

»Oh, armer Docht!«, sagte Pinocchio leise. Und er nahm eine Handvoll Stroh und trocknete sich eine Träne ab, die ihm über das Gesicht lief.

»Du bist wegen eines Esels, der dich nichts gekostet hat, so gerührt?«, sagte der Gemüsebauer. »Was soll denn ich machen, der ich ihn für bares Geld gekauft habe?«

»Ich will es Euch sagen –, er war mein Freund.«

»Dein Freund?«

»Ein Klassenkamerad von mir.«

»Wie?! Du hattest Esel als Schulkameraden? – Ich kann mir vorstellen, was du für tolles Zeug gelernt hast!«

Der hölzerne Junge war zutiefst beschämt und sagte nichts, sondern nahm sein Glas mit Milch, die noch kuhwarm war, und kehrte zur Hütte zurück.

Und von diesem Tag an stand er regelmäßig mehr als fünf Monate lang täglich vor Morgengrauen auf, um die Winde zu drehen und so das Glas Milch zu verdienen, das für die angegriffene Gesundheit seines Vaters so wichtig war. Aber nicht genug damit: Denn mit der Zeit lernte er auch, große und kleine Körbe aus Binsen zu flechten. Und mit dem Geld, das er sich damit verdiente, bestritt er mit viel Umsicht die täglichen Ausgaben. Unter anderen Dingen baute er ganz alleine ein hübsches Wägelchen, mit dem er an schönen Tagen seinen Vater spazieren fuhr, damit dieser ein wenig Luft schnappen konnte. Und abends übte er sich in Lesen und Schreiben. Im Nachbardorf hatte er für wenig Geld ein großes Buch ohne Titelblatt und Inhaltsverzeichnis erstanden, das ihm als Lesebuch diente. Und zum Schreiben nahm er einen zugespitzten Halm als Feder. Und da er weder über Tintenfass noch Tinte verfügte, tauchte er ihn in ein kleines Gefäß mit Brombeer- und Kirschsaft.

Tatsache ist, dass es ihm mit seinem guten Willen, zu lernen, zu arbeiten und voranzukommen, nicht nur gelang, seinem noch immer kranken Vater ein geradezu komfortables Leben zu ermöglichen, sondern er konnte sogar noch vierzig Groschen beiseitelegen, um sich davon einen neuen Anzug zu kaufen.

Eines Morgens sagte er zu seinem Vater:

»Ich gehe hier zum nahegelegenen Markt, um mir ein Jäckchen, ein Hütchen und ein Paar Schuhe zu kaufen. Wenn ich wieder nach Hause komme«, sagte er lächelnd, »werde ich so gut gekleidet daherkommen, dass Ihr mich mit einem großen Herrn verwechseln werdet.«

Er verließ das Haus und rannte ganz vergnügt und zufrieden davon.

Da hörte er plötzlich seinen Namen rufen, und als er sich umdrehte, sah er eine schöne Schnecke, die hinter einer Hecke hervorkroch.

»Erkennst du mich nicht?«, fragte die Schnecke.

»Ich weiß nicht so recht …«

»Erinnerst du dich nicht an jene Schnecke, die als Zimmermädchen der Fee mit dem blauen Haar diente? Erinnerst du dich nicht an jenes Mal, als ich herabstieg, um dir zu leuchten, und du mit einem Fuß in der Haustür stecken bliebst?«

»Ich erinnere mich an alles«, rief Pinocchio. »Sag mir sofort, schönes Schneckchen: Wo hast du meine gute Fee gelassen? Was macht sie? Hat sie mir verziehen? Denkt sie noch an mich? Ist sie weit weg von hier? Könnte ich sie besuchen?«

Auf all diese Fragen, mit denen Pinocchio sie in einem Atemzug bestürmte, antwortete die Schnecke mit der gewohnten Schneckenhaftigkeit:

»Mein lieber Pinocchio, die arme Fee liegt ans Bett gefesselt im Krankenhaus.«

»Im Krankenhaus?«

»Ja, leider! Sie ist von so viel Unglück heimgesucht worden und wurde daraufhin schwer krank, und sie ist so arm, dass sie sich nicht einmal ein Stück Brot kaufen kann.«

»Wirklich? – Oh, welchen Schmerz fügst du mir zu! Oh, arme kleine Fee! Arme kleine Fee! Arme kleine Fee! – Hätte ich eine Million, würde ich sie ihr sofort bringen –, aber ich habe nur vierzig Groschen! – Da, nimm sie: Ich wollte mir gerade einen neuen Anzug kaufen. Nimm sie, Schneckchen, und bringe sie ganz schnell meiner lieben guten Fee.«

»Und dein neuer Anzug?«

»Was kümmert mich der neue Anzug? Ich verkaufe sogar noch diese Fetzen, die ich auf dem Leib trage, um ihr zu helfen. Geh, Schneckchen, und beeile dich. Und komm in zwei Tagen zurück, denn ich hoffe, dir bis dahin wieder etwas Geld geben zu können. Bislang habe ich gearbeitet, um meinen Vater versorgen zu können: Von heute an will ich fünf Stunden länger arbeiten, um auch meine liebe Mutter zu versorgen. Leb wohl, Schneckchen, und in zwei Tagen erwarte ich dich wieder.«

Das Schneckchen begann, entgegen seiner Gewohnheit, wie eine Eidechse während der Hundstage im August dahinzuflitzen.

Als Pinocchio nach Hause zurückkehrte, fragte sein Vater: »Und wo ist dein neuer Anzug?«

»Ich habe keinen gefunden, der mir richtig passte. Geduld! – Ich kaufe ihn ein andermal.«

An diesem Abend blieb Pinocchio nicht bis zehn Uhr, sondern bis es Mitternacht schlug, auf; und statt zehn Binsenkörben flocht er sechzehn.

Dann ging er zu Bett und schlief ein. Und im Schlaf war ihm, als sehe er im Traum die Fee, die wunderschön war und lächelte und ihm zuerst einen Kuss gab und dann Folgendes zu ihm sagte:

»Brav, Pinocchio! Weil du ein so gutes Herz hast, verzeihe ich dir all deine Streiche, die du bis heute begangen hast. Kindern, die ihren unglücklichen und kranken Eltern liebevoll beistehen, verdienen immer hohes Lob und große Zuneigung, auch wenn sie nicht als Musterbeispiele von Gehorsam und gutem Betragen gelten können. Sei auch künftig vernünftig, und du wirst glücklich sein.«

An dieser Stelle endete der Traum, und Pinocchio wachte mit weitaufgerissenen Augen auf.

Jetzt stellt euch sein Erstaunen vor, als er beim Aufwachen bemerkte, dass er keine Holzpuppe mehr war, sondern ein richtiger Junge, wie alle anderen. Er blickte um sich und sah statt der gewohnten Wände der Strohhütte ein schönes Zimmerchen, das schlicht und vornehm zugleich eingerichtet und möbliert war. Er sprang aus dem Bett, und da lagen ein schöner neuer Anzug bereit, ein neues Hütchen und ein Paar Lederstiefelchen, die ihm wie angegossen passten.

Nachdem er sich angezogen hatte, musste er natürlich sogleich die Hände in die Taschen stecken und dabei zog er eine kleine Geldbörse aus Elfenbein heraus, auf der folgende Worte geschrieben standen:

»Die Fee mit dem blauen Haar gibt ihrem lieben Pinocchio die vierzig Groschen zurück und dankt ihm tausendmal für sein gutes Herz.«

Er öffnete die Geldbörse, und anstelle der vierzig Groschen blinkten ihm vierzig funkelnagelneue Goldmünzen entgegen.

Darauf betrachtete er sich im Spiegel: Und er hatte den Eindruck, ein ganz anderer zu sein. Er sah nicht mehr das gewohnte Spiegelbild einer Holzpuppe, sondern das Bild eines aufgeweckten, gescheiten, hübschen Jungen mit kastanienbraunem Haar, blauen Augen und heiterer und festlicher Miene.

Inmitten dieser Wunder, die sich eines nach dem anderen vor ihm abspielten, wusste Pinocchio selbst nicht mehr, ob er wachte oder mit offenen Augen träumte.

»Und wo ist mein Vater?«, rief er plötzlich. Und als er ins Zimmer nebenan trat, fand er den alten Geppetto gesund und munter und gut gelaunt wie einst; er hatte sogleich sein Handwerk als Holzschnitzer wiederaufgenommen und war gerade dabei, einen prächtigen Bilderrahmen mit Blättern, Blumen und verschiedenen Tierköpfen zu entwerfen.

»Nun müsst Ihr mir alles erklären, lieber Vater: Wie kam es zu diesem unerwarteten Wandel?«, fragte ihn Pinocchio und sprang ihm um den Hals und bedeckte ihn mit Küssen.

»Dieser unvorhergesehene Wandel in diesem Haus ist ganz allein dir zu verdanken.«

»Wieso mir?«

»Wenn böse Kinder sich in gute verwandeln, haben sie die Kraft, auch ihren Familien ein neues, heiteres Gesicht zu schenken.«

»Und wo mag sich denn der alte hölzerne Pinocchio versteckt haben?«

»Dort steht er!«, antwortete Geppetto; und er zeigte ihm eine große Holzpuppe, die gegen einen Stuhl gelehnt stand; ihr Kopf hing nach einer Seite, die Arme baumelten herunter, die Beine waren überkreuzt und halb eingeknickt, so dass es wie ein Wunder war, dass sie aufrecht stehen konnte.

Pinocchio drehte sich um und sah sie an. Und nachdem er sie eine Weile betrachtet hatte, sagte er voller Zufriedenheit zu sich selbst:

»Wie komisch sah ich doch aus, als ich eine Holzpuppe war! Und wie froh bin ich jetzt, dass ich ein richtiger Junge geworden bin!«

Anhang

Zu dieser Ausgabe

Der Übersetzung liegt zugrunde:

Carlo Collodi: Le avventure di Pinocchio. Storia di un burattino. Prefazione di Giovanni Jervis. Torino: Giulio Einaudi, 1982. (Nuova Universale Einaudi. 93.)

Die Illustrationen von Enrico Mazzanti (1850–1910) wurden den zu Lebzeiten Collodis erschienenen italienischen Buchausgaben (1883 bis 1890) entnommen.

Nachwort

Carlo Lorenzini – sein Pseudonym Collodi wählt er nach dem Geburtsort der Mutter in der Gegend von Lucca – ist 1826 in Florenz geboren. Er studiert im Priesterseminar und begeistert sich schon früh für die Ideen Mazzinis, eines der geistigen Wegbereiter der Einigung Italiens. So wird er 1847 statt Priester Mitarbeiter bei der *Rivista di Firenze*, in der demokratisch gesinnte Autoren zu Wort kommen. 1848 zieht er als Freiwilliger für Piemont gegen Österreich in den Krieg. Heimgekehrt, gründet er ein satirisches Blatt, *Il Lampione*, das schon nach kurzer Zeit verboten wird. Seit 1849 ist er Mitarbeiter bei mehreren Zeitungen und beginnt Theaterstücke und Romane zu schreiben, die heute allesamt vergessen sind. 1859 zieht er erneut gegen Österreich ins Feld. Er wird danach in die inneritalienischen Auseinandersetzungen um die nationale Einigung hineingezogen. So befürwortet er eine Einverleibung der Toskana in das Königreich Piemont. 1875 erscheint seine Übersetzung der Märchen Perraults aus dem Französischen sowie sein erstes Kinderbuch *Gianettino*, dem bald ein weiteres, *Minuzzolo*, folgen sollte. Sein politisches Engagement verlagert sich somit, nachdem die Einigung Italiens hergestellt war, auf den Bereich der Erziehung: Er schreibt von nun an nur noch Kinder- und Schulbücher. Im *Giornale per i bambini* erscheint von 1881 bis 1883 in Fortsetzungen sein berühmtestes Werk, die *Storia di un burattino* (dt. *Geschichte einer Holzpuppe*), das 1883 in Buchform unter dem endgültigen Titel *Le avventure di Pinocchio* (dt. *Pinocchios Abenteuer*) und dem alten Titel als Untertitel mit Illustrationen Enrico Mazzantis erscheint. Danach erscheinen noch weitere Schulbücher. 1890 stirbt Collodi in Florenz. Sein Leben steht im Zeichen der nationalen Einigung Italiens. Für sie hat er nicht nur im Feld und mit der Feder gekämpft, er hat mit seinen Schul- und Kinderbüchern etwas zur Erziehung der neuen Staatsbürger beigesteuert und der Welt eines der schönsten Kinderbücher geschenkt.

Pinocchio ist ein Werk der Erziehungsliteratur. Es ist die Geschichte einer Sozialisation. Ein Lausbub lernt durch allerlei Erfahrungen, sein Verhalten den Normen der Erwachsenen anzupassen. Dabei stehen die Normen der kleinbürgerlichen Welt im Vordergrund, denn Pinocchios Vater ist Handwerker, der sich nur mühsam über Wasser hält und der eben deshalb eine Holzpuppe schnitzen will, damit er sie auf Jahrmärkten für Geld vorführen kann. Die Träume Geppettos gehen aber nicht in Erfüllung. Pinocchio entzieht sich gleich durch Flucht den ihm vom Vater zugedachten Aufgaben, lernt die Welt und die Menschen kennen, verwandelt sich schließlich in einen richtigen Jungen und erteilt so seinem Vater die Lektion, dass der Mensch wichtiger ist als der Gewinn, dass menschliche Liebe überhaupt das größte Kapital ist. Aber bis dahin ist es ein weiter Weg. Pinocchio muss erst einmal die gesellschaftlich angemessenen Verhaltensweisen kennenlernen: Darum durchläuft er mancherlei Abenteuer und wird so aus Erfahrung klug. Nicht der Vater, sondern das Leben selbst lehrt ihn das rechte Handeln. Es ist auffallend, welch große Bedeutung dabei die Arbeit und ihr Gegenwert, das Geld, spielt. Es ist fast überall gegenwärtig.

Pinocchio lernt schon früh, dass es nichts auf dieser Welt umsonst gibt. Das fängt mit seiner Schulfibel an, für die Geppetto seine Jacke verkaufen muss. Bildung gibt es ebenso wenig gratis wie Unterhaltung. Den Eintritt ins Puppentheater ermöglicht nämlich nur der Verkauf der Fibel. Geld ist knapp, und es lässt sich nicht ohne Weiteres vermehren. Man kann es nicht, wie ihm Fuchs und Kater weismachen wollen, abends säen, um es, um ein Vielfaches vermehrt, am anderen Morgen zu ernten. Es im Schlaf zu verdienen, bleibt dem feinen Herrn vorbehalten, der das Feld der Wunder, wie der Fuchs und der Kater sagen, bald kaufen wird, dem es in Wahrheit wohl immer schon gehört hat.

Das Geld beherrscht also das Leben; alles hat seinen Wert. Der Esel Pinocchio wird sofort weiterverkauft, als sich mit ihm kein Geld mehr machen lässt. Auf menschliche Gefühle wird keine Rücksicht genommen. Der Käufer des Esels besteht, auch als er Pinocchios wundersame, zu Herzen gehende Geschichte gehört hat, noch auf dem Geld, das er für ihn bezahlt hat. Zu Geld kommt man aber nur durch Arbeit. Dazu muss man in die Schule gegangen sein und fleißig gelernt haben. Die nur essen, trinken, schlafen und sich vergnügen wollen, kurz, nichts als glücklich sein wollen, enden eben im Gefängnis, wie die Grille, die Unglücksprophetin, bekundet. Ein nicht auf Arbeit gegründetes Glück gibt es also nicht. Pinocchio, der Vater und Mutter liebt, hat zwar deshalb immer wieder Glück und wird von seiner Feenmutter Mal für Mal aus größter Not errettet – anderen, zu Gefühlen nicht fähigen Gesellen geht es gleich an den Kragen –, aber erst sein Arbeitseifer und seine Bildungswilligkeit erweisen sich als Instrument und Garantie eines Glücks, dessen augenfällige Verwirklichung nicht allein seine Verwandlung in einen Menschen, die Genesung und Verjüngung Geppettos, sondern auch die Verwandlung ihrer Umgebung ist: Vater und Sohn wachen eines Morgens in einer hellen, gut eingerichteten Zweizimmerwohnung auf. Zur Liebe und der Bereitschaft zur Aufopferung als notwendigen, aber noch nicht hinreichenden Glücksbedingungen müssen sich noch Arbeits- und Bildungsbereitschaft gesellen. Mit letzterer hat es noch eine besondere Bewandtnis: Sie ist nicht nur individuelle Glücksgarantie, sie fungiert auch als soziales Korrektiv, indem sie der Geschäftemacherei der ganz Reichen einen Riegel vorschiebt; denn die Dummheit der einen ist der Reichtum der anderen. Schurken wie den Eselshändler wird es, wenn alle an der Schule Spaß haben, nicht mehr geben. Selbstverständlich sind solche einfachen Gleichungen vor dem Hintergrund der Zeit zu sehen: In Italien war 1877 die allgemeine Schulpflicht eingeführt worden, ein Ereignis, an das große Erwartungen geknüpft waren.

Aber so einfach lagen und liegen die Dinge nicht, das wusste auch Collodi. Die Schulbildung hat in Italien die Armen nicht über Nacht wohlhabend werden lassen. Und Pinocchios Dummheit ist schließlich keine gewöhnliche, sie ist nur die eine Seite einer höheren Vollkommenheit. Denn wozu soll er eigentlich zur Schule, er, der die Sprache der Tiere versteht, den die Figuren des Puppentheaters als ihren Bruder erkennen und feiern, kurz, dessen Möglichkeiten des Erlebens sich nicht im Natürlichen erschöpfen, vielmehr weit ins Übernatürliche ausgreifen. Wozu soll der sozusagen in Mysterien jenseits menschlicher Erfahrbarkeit Eingeweihte das Einmaleins lernen? Gibt er nicht am Ende seine Freiheit und sein Wissen für ein paar bürgerliche Bildungs- und Erziehungsideale her, die zu nicht mehr taugen, als dass man ihm fürderhin nicht mehr das Geld aus der Tasche ziehen wird – ein Zwischenfall, der immerhin Ursache dafür ist, dass er seiner zukünftigen Mutter, der Fee, begegnete?

Pinocchio, wie der griechische Gott Hermes, ein Mittler zwischen zwei Reichen – dem der Wirklichkeit und des Märchens, dem der Lebenden und der Toten –, gehört am Schluss nur noch einem Reich an, aus dessen Perspektive das andere komisch erscheint. Der zeitlos, in ewiger, göttergleicher Jugend Lebende, wird zum Musterknaben, der dem Vater zu einer besseren Wohnung verhilft. Dem Genius werden die Flügel gestutzt, denn Erziehung heißt, aus jemandem ein nützliches Glied der Gesellschaft machen.

Aber diese gelungene Sozialisation des Protagonisten, die mit dem Verlust seiner außergewöhnlichen Fähigkeiten einhergeht, ist es sicher nicht, was dem Werk seine Nachwirkung gesichert hat. Es ist vielmehr die Tatsache, dass der Leser den umgekehrten Weg beschreitet. Das Ziel von Pinocchios kleiner Odyssee, geordnete bürgerliche Verhältnisse, ist der Ausgangspunkt des Lesers. In den Zwängen der Erwerbswelt und ihrer Logik gefangen, sucht er nach einem anderen Ich, das die Grenzen des ersten durchbricht und dem Reales und Imaginäres, Alltägliches und Traumhaftes, Wirkliches und Phantastisches in eins verwoben sind. Für ihn wird Pinocchio zum Symbol der anderen, gesellschaftlich nicht vermittelten Seite unseres Ichs, die mit der Kindheit unwiederbringlich verloren ist.

Wer ist überhaupt Pinocchio? Pinocchio ist eine Marionette, eine Kunstfigur. Die Holzpuppen erleben sein Auftauchen im Theater als nahezu übernatürliche Erscheinung und erschrecken wie in mythischer Vergangenheit die Menschen beim Gewahrwerden des Gottes. Sie kennen und verehren ihn offenbar schon lange. Denn er verkörpert noch reiner und vollkommener, was sie selbst sind, nämlich Figuren der Kunst, die das Leben in seinen anderen Dimensionen darstellen.

Pinocchio ist sozusagen ihr Patron, ihr Schutzgeist – er errettet ja auch den Harlekin vor dem Tod –, der sich nicht in die Enge eines Bühnenraumes einsperren lässt, dessen Bühne vielmehr die Welt ist, auf der er in eigener Regie Theater spielt. Pinocchio wird so auch zur Verkörperung und zum Sinnbild der Kunst schlechthin. Sein Dasein in der Welt ist zwecklos. Er lernt, ohne zu lernen, er begreift, ohne zu begreifen. Seine Geschichte ist in Wirklichkeit eine unendliche Geschichte. Sie hört dort auf, wo die bürgerliche Wirklichkeit beginnt und den schönen Schein in die Grenzen verweist. Der arbeitende Pinocchio ist nicht mehr er selbst, ist nicht mehr länger ein Grenzgänger zwischen den Welten. Er ist sich selbst fremd geworden. Aus Hermes, dem Mittler zwischen den Welten, dem Gott der Schelme, wird ein bürgerlicher Telemach. Das Magische hat vor dem Prosaischen kapituliert. Aus der Kunstfigur ist ein Junge geworden, und wo das Leben beginnt, endet die Kunst. Erziehung hat damit ihr Ziel erreicht. Die Fee ist verschwunden, die Tiere sprechen nicht mehr, und Geppetto hat eine Altersstütze gefunden.

Pinocchio ist somit auch die Illustration all dessen, was an ursprünglicher Kreativität, Geniehaftigkeit und Grazie durch Sozialisation verloren geht. So handelt das Werk letzten Endes von nichts Geringerem als der Unvereinbarkeit der Erwerbswelt mit dem Kreativ-Ästhetischen: Dies wird in den Bereich der Kunst verwiesen, die damit als eine zweckfreie vom täglichen Leben abgegrenzt wird; und es wird in der Kindheit verehrt, der zeitliche Grenzen gesetzt sind. Denn die autonome, allen praktischen Forderungen entzogene Existenz wird nur eine kurze Zeit geduldet: Schule ist wichtiger als Theater, Arbeit lohnender als Abenteuer, Ruhe und Sicherheit besser als wundersame Märchenwelten, Altern natürlicher als ewige, zwar göttergleiche, aber doch unproduktive Jugend, Brav-Sein geheurer als das undurchschaubare Vermögen, die Sprache der Schnecken, Murmeltiere, Raben, Grillen, Glühwürmchen, Füchse und Katzen zu verstehen. War Collodi klar, wie sehr er mit diesen aus dem Gang der Ereignisse sich ergebenden Wertungen gegen den Geist seiner Geschichte verstieß? Vielleicht hat er, weil er die Zwiegesichtigkeit jeder immer auch zerstörenden Erziehung sah, der Welt der Erzogenen ihren Vorbildcharakter verweigert. Geppetto kommt unschuldig ins Gefängnis, Eselshändler und Zirkusdirektor, aber auch alle anderen Erwachsenen, mit denen Pinocchio zu tun hat, verkörpern nichts, dessentwegen Erziehung sich lohnte.

Wäre da nicht der gute Geppetto, dessen Armut es zu lindern gilt, möchte man Rousseau abwandelnd sagen: »Le pays des arlequins est le seul digne d'être habité.« (»Das Land der Harlekine ist das einzige, in dem es sich zu leben lohnt.«) Harlekin aber muss sterben, wenn andere – d. h. wenn er und andere – leben wollen. Der neugeborene Musterknabe, der sein abgelaufenes Dasein als komisch bezeichnet, weiß nicht mehr, von wem oder von was er spricht. Collodi selbst kam dieser Schluss nicht ganz geheuer vor. Er konnte sich nicht erinnern, die Geschichte so beendet zu haben. Wahrscheinlich hat ein Freund Collodis, ein gewisser Guido Biagi, den moralisierenden Schlusssatz dem Geschmack der Zeit folgend angehängt. Deutlich macht diese Episode Collodis weiten Abstand von der damals üblichen, gleich zehn Zeigefinger schwingenden Kinderliteratur. Was die Geschichte nicht eindeutig genug selbst vermittelt, muss eilig angehängt werden. Denn dass Pinocchio aus all dem Schaden, den er gehabt hat, klug geworden ist, gilt ja nur zum Teil. Eine der Eigenschaften nämlich, die mit seiner Verwandlung in einen richtigen Jungen belohnt wird, die Liebe, ist gar nicht zu vermitteln, weder durch Erfahrung noch durch Belehrung. Sie ist bei Pinocchio von Anfang an schon vorhanden; er möchte seinem armen Vater, eben weil er ihn liebt, eigentlich keine Sorgen machen. Allerdings hat er zu lernen, wie er diese Liebe wirksam in die Tat umsetzt. Darin liegt vielleicht das Besondere dieses Romans: Dass der Endpunkt der Entwicklung weniger als Höhepunkt denn als schmerzlicher Verlust dargestellt wird. Nichts davon in anderen Werken mit ähnlicher Thematik, etwa dem seinerzeit sehr berühmten, 1886 erschienenen *Cuore* von Edmondo de Amicis, wo nichts als Moralismus und pädagogische Sentimentalität vorgeführt werden. Die äußere Struktur des ›Erziehungsromans‹ wird im *Pinocchio* so von innen aufgebrochen und ausgehöhlt. Die Abenteuer gewinnen die Evidenz und den Reiz vorzivilisatorischer Ursprünglichkeit. Die Unvernunft, die das Abendessen mit dem Fuchs und dem Kater im Wirtshaus ›Zum Roten Krebs‹ ermöglicht –, jeder hätte gerne ein Stück von ihr. Denn wer möchte da nicht mit bei Tisch sitzen, auch wenn er vom schlimmen Ausgang der Geschichte weiß. Pinocchios Abenteuer geraten unversehens zum unentwegten Lobpreis der Torheit und des Leichtsinns. Pinocchio brennt nicht nur seinem Vater Geppetto durch, er verselbständigt sich auch unter Collodis Feder. Der Autor, der lehrreiche Exempla statuieren wollte, gerät selbst in den Sog einer Figur, in der sich die Sehnsüchte der Erwachsenen nach Freiheit, nach der verlorenen Zeit kristallisieren, in der das Kind seine ihm eigene Erlebnisweise wiederfindet.

Collodis Kindergeschichte, so neu, so einmalig sie scheinen mag, ist ohne die literarische Tradition Europas seit der Antike nicht vorstellbar. Ihre einzelnen Motive sind mancherlei Vorlagen entnommen. Ovids großes Epos der Verwandlungen, die *Metamorphosen*, sind an manchen Stellen ebenso greifbar wie Apuleius' Eselsroman, der die Geschichte eines in einen Esel verwandelten Jünglings erzählt, der wie Pinocchio auf dem Höhepunkt der Erzählung im Theater auftreten soll, sich diesem Auftritt aber durch Flucht entzieht.

Der äußeren Form nach ist das Werk ein Abenteuerroman, der vom Sich-Verlieren und Wiederfinden zweier Personen handelt. Hineinverflochten sind immer wieder Elemente des Schelmenromans, der Satire, etwa der Ärzte- oder Gesellschaftssatire, vor allem aber Elemente der Fabel und des Märchens. Bewundert wird allgemein die heitere, entspannte, leicht dahinfließende, künstlerisch sehr durchdachte Erzählweise Collodis. So bekannte Italo Calvoni (1923–85)kurz vor seinem Tode, dass er in *Pinocchio* stets das Vorbild jeglichen Erzählens gesehen habe. Denn jede Episode habe hier innerhalb des Werks ihren genauen Platz, jedes Motiv kehre an bestimmter Stelle wieder, um schließlich der Peripetie – gemeint ist wohl Pinocchios Verwandlung in einen richtigen Jungen – den Charakter des Notwendigen zu verleihen.[3] Andere haben sich ähnlich geäußert. Das Werk ist in Italien selbstverständlich noch bekannter als Manzonis *Die Verlobten*, und es ist in nahezu hundert Sprachen übersetzt worden.

Hubert Bausch

3 Vgl. Maria Corti, »Il mio primo modello è stato Pinocchio«, in: *La Repubblica*, 30. September 1985.

Zeittafel

1826 Am 24. November wird Carlo Lorenzini in Florenz als Sohn des Kochs Domenico Lorenzini und der Näherin Angiolina Orzali Lorenzini, die im Dienst des Marchese Ginori stehen, geboren. Es folgen zehn jüngere Geschwister, von denen sieben noch im Kindesalter sterben. Er verbringt viel Zeit in dem Dorf Collodi bei seiner Großmutter mütterlicherseits.

1837–42 Mit finanzieller Unterstützung der Ginoris tritt Lorenzini in ein Priesterseminar in Colle di Val d'Elsa ein, entschließt sich aber gegen die Priesterschaft.

1843–44 Rhetorik- und Philosophieunterricht an einer Schule der Piaristen in Florenz.

1844 Lorenzini bricht seine Studien ab und schreibt neben seiner Arbeit in der Buchhandlung Piatti in Florenz für verschiedene Zeitungen: die *Rivista di Firenze* und die Mailänder *L'Italia Musicale.*

1848 Im Ersten Italienischen Unabhängigkeitskrieg meldet Lorenzini sich freiwillig für die toskanische Armee.

1849 Aus dem Krieg zurückgekehrt, erfolgt die Gründung der Satirezeitschrift *Il Lampione*, die allerdings bald verboten wird.

1853 Gründung seiner zweiten Zeitung *Scaramuccia*, die eine der bekanntesten italienischen Theaterzeitschriften wird.

1856 In einer Zusammenarbeit mit dem humoristischen Magazin *La Lente* verwendet Lorenzini zum ersten Mal sein Pseudonym Collodi nach dem Geburtsort seiner Mutter. Im selben Jahr erscheinen seine ersten größeren Werke: das Drama *Gli amici di casa* und der parodistische Reiseführer *Un romanzo in vapore.*

1859 Teilnahme am Zweiten Italienischen Unabhängigkeitskrieg.

1860 Nach der Rückkehr aus dem Krieg wird Lorenzini Theaterzensor in Florenz und verfasst politische Artikel u. a. für die Zeitung *Il Fanfulla.*

1868 Mitarbeit an einem Wörterbuch der italienischen Sprache auf Einladung des Ministero della Pubblica Istruzione.

1875 Übersetzung von Charles Perraults Märchensammlung *Histoires ou contes du temps passé* (dt. *Geschichten oder Erzählungen aus alter Zeit*) ins Italienische unter dem Titel *Racconti delle fate.*

1878 Lorenzinis erstes Kinderbuch *Gianettino* erscheint.

1879 Das zweite Kinderbuch *Minuzzolo* erscheint.

1881 Am 7. Juli erscheint das erste Kapitel von *Le Avventure di Pinocchio* (dt. *Pinocchios Abenteuer*) unter dem Titel *Storia di un burattino* (dt. *Geschichte einer Holzpuppe*) im *Giornale per i Bambini.* Die Geschichte wird wöchentlich fortgesetzt.

1883 *Le Avventure de Pinocchio* erscheint als Buch, *Storia di un burattino* ist jetzt der Untertitel. Lorenzini ist für neun Monate Herausgeber von *Giornale per i Bambini.*

1890 Am 26. Oktober verstirbt Carlo Lorenzini überraschend im Alter von 63 Jahren. Er wird auf dem Friedhof Porte Sante in Florenz beigesetzt.

Inhalt

Anhang

Italienischer Originaltitel:
Le Avventure di Pinocchio. Storia di un burattino

RECLAM TASCHENBUCH Nr. 20683
1986, 2022 Philipp Reclam jun. Verlag GmbH,
Siemensstraße 32, 71254 Ditzingen
info@reclam.de
Durchgesehene Ausgabe
Umschlaggestaltung: Philipp Reclam jun. Verlag GmbH
Umschlagabbildung: © Gutentag-Hamburg
Umschlagmaterial: PEYVIDA puro 270 g/m², peyer cover gmbh
Druck und Bindung: GGP Media GmbH,
Karl-Marx-Straße 24, 07381 Pößneck
Printed in Germany 2026
RECLAM ist eine eingetragene Marke
der Philipp Reclam jun. GmbH & Co. KG, Stuttgart
ISBN 978-3-15-020683-6
reclam.de

MIX
Papier | Fördert gute Waldnutzung
FSC® C014496

BRAM STOKER
RECLAM

Clyms Heimkehr
RECLAM

CHARLES BAUDELAIRE
Die Blumen des Bösen
RECLAM

EMILY BRONTË
Sturmhöhe
RECLAM

Schloss Gripsholm

JOHANN WOLFGANG
GOETHE
Italienische Reise
RECLAM

LEWIS CARROLL
Alices Abenteuer
im Wunderland

Die göttliche Komödie
RECLAM

Die Verwandlung
RECLAM

LEWIS CARROLL
Alices Abenteuer
im Wunderland
RECLAM